七月七日《しちがつなのか》

愁堂れな

幻冬舎ルチル文庫

CONTENTS ✦目次✦

七月七日

✦カバーデザイン=久保宏夏（omochi design）
✦ブックデザイン=まるか工房

イラスト・高星麻子✦

七月七日

「なんだ、またサボりか」

瀟洒《しょうしゃ》な応接間の、何百万だか何千万だかするソファから、流田《ながれた》が億劫《おっくう》そうに身体《からだ》を起こし、佐久間《さくま》に片手を上げてきた。

「まあね」

ぽん、と濡《ぬ》れた鞄《かばん》を向かいのソファへと放り投げ、佐久間が顔を顰《しか》めながら上着を脱いでタイを緩める。汗で背中にシャツがはり付くのが不快でたまらないのである。

「働き盛りのサラリーマンが、こんなところで油を売ってちゃいけないなあ」

流田は少しもそんなことは思っちゃいないような口調で佐久間に笑いかけたあと、

「清《きよ》さーん」

と調子外れの大声を出し、まるで鯉《こい》でも呼ぶように両手を叩《たた》いた。

「はいはい」

パタパタと廊下をかけてくる音がし、ひょいとドアから顔を覗かせた老女が佐久間を見て驚いた声を上げる。

「あら、いつの間に、いらしてたんですか」

「一応玄関で声はかけたんだよ。清さんが出てこないから、買い物にでも行ってるんだと思った」

「まあ、ごめんなさいねえ。庭に出ていて気づかなかったわ」

佐久間と流田家の家政婦、清の付き合いは、その主《あるじ》との付き合いと同じく間もなく十年になる。

「外は随分暑いらしいね。悪いがビール、持ってきてくれるかい？」

気を利かせた流田が彼女に頼んでくれたのだが、

「あらあら、昼間っから、いいんですか？」

長い付き合い故《ゆえ》の気安さなのだろう、清はどう見ても勤務時間中である佐久間を見やり、オーバーに呆《あき》れてみせた。

「そんなカタいこと言わないで」

佐久間は清に笑って片目を瞑《つぶ》ると、ああ、暑い、とどっかとソファへと腰を下ろした。

「そんなに外は暑いのか」

流田がやはり億劫そうに立ち上がり、ゆっくりと佐久間の座るソファへと近づいてくる。

「清さんが来るだろう」

「まだ来やしないよ」

気にして告げた佐久間に、くすりと流田が笑いながら覆い被《かぶ》さってくる。

「暑い」

「夏は暑いと相場が決まってる」

汗に濡れたシャツの肩を摑《つか》まれ、顔を顰めた佐久間の唇に流田の唇が落ちてきた。

二人の身体の間で立ち昇る己《おのれ》の汗の匂《にお》いに佐久間は眉《まゆ》を顰《ひそ》めたが、流田はまるでおかまいなしというように尚も佐久間の背へと腕を回して抱き寄せようとする。

「……っ」

パタパタという足音を遠くに聞いた佐久間が、慌てて流田の胸を押した。それでも腕を緩めようとしない流田を睨《にら》み上げ頰《ほお》を叩くと、ようやく流田は身体を起こし、背から腕を解いてくれた。

「今更恥ずかしがるガラでもあるまいに」

にや、と笑いながら見下ろしてくる流田に、どういう意味だと問い返そうとしたそのとき、

「お待ちどうさま」

清がビールと枝豆を盆に載せ、部屋へと入ってきた。

「ありがとう」

笑顔で盆を受け取った流田が佐久間を誘う。

「ここは暑いな。僕の部屋に行こう」

「………」

佐久間はちら、と清の顔を見たが、清は彼を見返そうとせず涼しい顔のまま、

「それじゃ、お盆はあとでお部屋に片づけに伺いますね」

と頭を下げ、そのまま部屋を出ていってしまった。

「……な？」

バタン、とドアが閉まったと同時に、流田が意味深な視線を佐久間へと向けてくる。

「？」

なにが『な？』なんだろう、と佐久間が首を傾《かし》げると、

「洗濯は全部彼女がやってくれていることぐらい、いい加減気づけよ」

盆を手にしたまま流田は片目を瞑ってみせ、ドアへと向かっていった。

「洗濯？」

慌てて立ち上がり、後を追いながら佐久間が彼の背に問いかける。

「そ。これから僕たちが汗を染み込ませるシーツを洗っているのも彼女だよ」

染み込むのは汗だけじゃないがな、と笑う流田の頭を、

「馬鹿か」

と佐久間は軽く小突《こづ》き、ふざけて大仰《おおぎょう》に痛がるふりをした彼を睨みつけた。


佐久間行人《ゆきと》と流田達《いたる》の出会いは今から十年前に遡《さかのぼ》る。

大学の入学試験で偶然隣り合わせたのが縁となり、以後切っても切れない腐れ縁へと発展

した。

佐久間の親はいわゆる『普通』のサラリーマンであったのだが、流田は二十三区内に二百坪の豪邸の他、都内に数百坪の土地やマンションをもつ地主の一人息子だった。

佐久間が学生時代アルバイトに明け暮れていたときも、そして三年になり、就職活動で額《ひたい》に汗して歩き回っていたときも、流田は涼しい顔をして彼の様子を眺めているだけだった。

「就職は？　しないのか？」

さすがに心配になり問いかけた佐久間に、

「働く理由がない」

と流田は肩を竦《すく》めてみせ、就職の意志がないことを伝えた。

『地主』というのはそこに存在しているだけで食えるものらしい。丁度そのころ父親を亡くした流田は、かなりの相続税を支払ったそうだが、それでもまだ彼一人食べていくのには充分なほどの家賃収入があるとのことで、このまま家督を食い潰《つぶ》してゆくよ、と、本気なんだか冗談なんだかわからないようなことを言い、佐久間を呆れさせたのだった。

佐久間の方は大学を卒業したあと、先輩の引きで大手といわれる不動産会社に就職し、同じ職場の女性と二年前に結婚した。ノルマもキツいその仕事にストレスを感じる日々ではあるが、まあこんなものか、と納得できるような人生を歩んでいると佐久間は自分では思っていた。

世間並みの、それ以上でも以下でもない『こんなものか』という暮らし――それに満足も、不満足も感じたことはなかったが、唯一『こんなものか』と言い切れない秘密を佐久間は胸に抱えていて、世間に対して後ろ暗さを感じるその秘密が、彼をときおりひどくやるせない気持ちにさせていた。

その秘密というのが――。

「ああ、この部屋の方が暑いな」

苦笑しながらベッドサイドのテーブルに盆を下ろし、流田が佐久間にビールを注《つ》いだコップを差し出す。受け取ったグラスを一気に飲み干している佐久間の身体に、再び彼の――流田の手が伸びてきた。

「零《こぼ》すよ」

「早く飲め」

くすくす笑いながら流田が佐久間のシャツのボタンを外して脱がせ、コップが空になったことを確認すると、万歳をさせるようにして佐久間からTシャツをも剝《は》ぎ取った。

「……シーツね」

コップを流田に手渡すと、佐久間は自分のベルトをかちゃかちゃ音を立てながら外し、スラックスを床に落としたあとにそのままベッドへあがりこむ。

「お前が帰ったあと、いつもこっそり部屋に入って取り替えておいてくれるのさ」

佐久間がベッドの上で、靴下と下着を脱いでいる間、受け取ったコップにビールを注ぎ、流田は一気にそれを飲み干した。

「……考えたこともなかったな」

「それだけ彼女が空気のような存在ってことだ」

全裸になった佐久間の上に、着衣のままの流田が覆い被さってくる。

「……十年にもなるからな」

くすくす、と笑いながら落としてきた唇を佐久間は受け止め、彼のシャツのボタンを一つ一つ外し始めた。

十年来、密《ひそ》かに続いていた流田との関係——世間に対し、唯一佐久間が後ろ暗く感じている『秘密』の行為に耽《ふけ》るために、今日もまた佐久間は流田の家を訪れたのだった。

彼らの間に『友情』以外の気持ちが芽生え、行為にまで発展していったきっかけはなんだったか——最初は酒の上の冗談だったような気もするし、真摯《しんし》な瞳で流田が佐久間に己の思いを告白した、それに端を発していたような気もするが、十年も経《た》った今となってはきっかけなど互いにどうでもよくなってしまっていた。

在学中も、そして佐久間が就職したあとも、彼らの関係は密かに続いていたのだが、佐久間の結婚を機に、一度はいわゆる普通の『友人』としての関係に戻ろう、と話し合ったこともあった。

が、そのひと月後にはまた彼らはベッドを共にして、互いに「駄目だな」と苦笑しあい、結局結婚したあとも、佐久間は『その為』に流田の家をこうして訪問し続けていた。

妻に対して不貞を働いているという自覚はないでもなかったが、もともと『結婚』こそが、流田に対する不貞だと思えないこともなく、どちらをも裏切っているのだから、と変な理屈をつけて佐久間は己の行為を正当化していた。

妻への想いとは全く別の次元の気持ちを自分が流田に対して抱《いだ》いていると、佐久間は思っているのだが、それがどう違うのかと聞かれたとしたら、筋道立てて答えることは自分には出来ないだろうということもわかっていた。

「要はお前は逃げたんだよ」

やはり本気なんだか冗談なんだかわからない口調で、いつだったか流田がそんな彼を揶揄《やゆ》したことがあった。

「逃げた？」

「そう、世間からはみ出している僕のような男と、世間からはみだした関係を続けていくのが怖くなったんだよ」

そう語る流田の顔には笑みが浮かんでいたし、口調も穏やかではあったけれど、言われている内容に頬を張られたような衝撃を受け、そのとき佐久間は思わず絶句してしまった。

「それもまたよし」

くす、と笑って流田が佐久間へと両手を伸ばしてくる。その腕に抱き込まれながら、一体彼は何を思って自分を抱くのだろう、と佐久間は考え——同時に自分は何故《なぜ》彼に抱かれ続けているのだろうと、首を傾げた。

答えなどみつかるわけもないその問いかけを頭の中で繰り返している間にも、流田の腕は彼の身体を這《は》い回り、いつしか佐久間はその腕の生み出してくれる快楽へと身体を投じてしまったのだったが——。


「明るいな」

シャツの下に、流田は何も着ていない。露《あらわ》になった胸の突起に爪《つめ》を立てた佐久間の右手を流田は、

「よせよ」

と笑いながら握り締めて制した。

「触って欲しいならそう言えよ」

「そういうわけじゃないけど」

自分でシャツの袖《そで》を抜き、上半身裸になった流田が、佐久間にされたのと同じように彼の

両胸の突起のそれぞれに爪をめり込ませる。

「……っ」

佐久間がびくん、と背を仰《の》け反《ぞ》らせたのは、胸がことのほか感じるからなのだが、それをにやりと流田に笑われ、恥ずかしさが込み上げてきた。

「明るいよ。カーテン閉めないか？」

口を尖《とが》らせ、尚《なお》も胸の突起を弄《いじ》り続ける流田の顔を睨む。

「面倒だな」

「覗かれたら……っ」

どうする、と言いかけた佐久間が息を吞《の》んだのは、胸に顔を埋《うず》めてきた流田に乳首を強く吸われたからだった。

「ここは二階だ。誰が覗くって？」

早くも勃《た》ちあがった乳首をぺろりと舐《な》め上げながら、流田が佐久間の顔を見上げて笑う。

「……鳥」

「仕方がないねえ」

やれやれ、と言いながら身体を起こした流田は、傍《かたわ》らに脱ぎ捨てた彼のシャツを摑むといきなりそれで佐久間の顔を覆った。

「おい？」

「暗くなったろ?」

袖を回して縛り、目隠しをする。

「あのなあ」

呆れて溜《た》め息《いき》をつき簡易の目隠しを外そうとした佐久間は、再び強く胸の突起を吸われ、びくん、と大きく背を仰け反らせた。

「なんだ、普段より感じてるんじゃないか?」

くすくす笑いながら、乳首に軽く歯を立ててくる流田の言葉通り、目を塞《ふさ》がれているために彼の動きが予測できないからか、やたらと自分が昂《たか》まってくるのを抑えることができない。

「当分そうしておけよ」

そう囁《ささや》かれたと同時に流田の腕が腰へと伸びてきて、その場で身体を返され、四つん這いのような格好を取らされた。双丘《そうきゅう》を割る手もいつもの流田のものであるはずなのに、酷《ひど》く乱暴に感じるのも視界を覆われているからだろうか、と佐久間が身体を竦ませた次の瞬間、生暖かな感触がそこを覆った。

「……っ」

ざらりとした感触に、流田の舌が押し広げられたそこへと挿《さ》し入れられたのだとわかったが、いつもとはやはり少し違うような感覚が佐久間を捕らえ、抑えられない声が彼の唇から漏れ始めた。

わざと音をたてるようにしてしゃぶる流田の舌と唇が、時折軽く歯を立ててくるその柔らかな痛みが、急速に佐久間を昂めてゆく。

自然と腰を揺すってしまっていたことに気づいたのは、不意に舌先を抜かれ外気をそこへと感じたときで、今更のように込み上げてきた羞恥《しゅうち》に身体を捩《よじ》ると、流田は佐久間の腰をがっちりと両手で掴んできた。

「これくらいで勃つとは……たまにはこういうプレイもいいってことかな?」

くすくす笑いながら、彼の手が佐久間の雄へと伸びてくる。

「や……っ」

激しく扱《しご》き上げられ背を仰け反らせたとき、佐久間は再び自分のそこに流田の顔が近づけられる気配を察した。先ほどのように片手で押し広げられ熱い舌が挿し入れられたのに、佐久間はまた前へと逃れようとしたが、その意図は『先ほど』とは別のところにあった。

「なに?」

察した流田が、くすくす笑いながら覆い被さってくる。

「や……っ」

勃ちきった雄の先端を爪で割られ、先走りの液が滴《したた》り落ちる。

「あっ……」

子供のする『いやいや』よろしく首を激しく横に振り、尚も前へと逃れようとする佐久間

の身体を、雄を握りながら引き寄せた流田は、

「何だよ?」

と笑いながら爪をまた先端へとめり込ませた。

「や……っ」

佐久間は流田へと目を覆われたままの顔を向け、無言のまま尻《しり》を突き出す。

「……なに?」

流田は当然、佐久間の意図を察しているだろうに、わざと流田の雄を求めて尻を擂《す》り寄せる佐久間から身体を離し、意味がわからん、というように問いかけてきた。

意地悪な所作に出た流田の前で、佐久間は更に尻を突き出し、切なげに声を漏らす。

「や……っ」

普段はここまで乱れはしないのに、目隠しが羞恥心をも覆っていたのかもしれない。そんな自己分析をする余裕は既に、佐久間からは失われていた。

流田はもともと少し、意地の悪い——といってもそれは閨《ねや》の中に限られるのだが——ところがある。そんな彼の『意地悪』がまた、今発揮されようとしていた。

「口で言えよ。舐められるだけじゃ、イヤだって」

普段以上に乱れる佐久間に、更に恥ずかしいことを言わせたくなったのだろう。雄の先端を弄りまわしながら、尻を叩いてくる。

「や……ん」

ぴしゃ、と平手で叩かれた途端、自身の雄が流田の手の中でびくびく震え、先走りの液が滴り落ちるのがわかった。

「へえ」

流田は感心したような声を上げたものの、俄然《がぜん》、佐久間に辱《はずかし》めを与えたくなったようで、またも、ぴしゃ、とかなり強い力で佐久間の尻を叩き、問いかけてくる。

「ほら、言ってみろよ。何が欲しい？」

快楽に意識はかなり侵食されてはいたが、羞恥の念を捨て去ることは、まだ佐久間にはできずにいた。

欲しいのは逞《たくま》しい流田の雄。それ以外、何もない。

だがそれを口にするのは憚《はばか》られ、唇を嚙《か》んだ佐久間の耳に、流田の低いがよく通る声が響く。

「ほら、何が欲しいのかな？」

言いながら流田が、ずぶ、と長い指をそこへと挿入させてきた。

「や……ぁん」

乾いた痛みを覚えたのは一瞬で、指が奥深いところを抉《えぐ》ってくるのに、耐えられず佐久間は身体を捩らせ、指の動きを促そうとした。

「ん……っ……んん……っ」

佐久間の狙いは最初達成されたようだったが、流田は指でそこを弄りはするものの、いつまでも佐久間の本当に欲しいものを与えてくれようとしなかった。

「や……」

もどかしさから声を漏らし、再び振り返って見えない目を流田へと向ける。

「指じゃ足りない？」

ぐい、と中を引《ひ》っ掻《か》くようにしてかき回しながら囁いてくる流田の身体の下で、佐久間は、こくこくと何度も首を縦に振った。

「……どうして欲しい？」

「いれ……て……」

最早、限界だった。欲望が羞恥を凌駕《りょうが》し、噛みしめていた唇の間から、流田が望む言葉を口にする。

流田が満足そうに笑う声が背中で響いた。が、続いて響いてきたのは、

「もう一回」

という声だった。

「やぁ……ん」

前後からすっと流田の手が引いていく。もどかしさから腰を振って身悶《みもだ》えてしまっていた

佐久間だったが、ジジ、というファスナーが下りる音を聞いた瞬間、ぴた、と身体の動きが止まったのが、我ながら恥ずかしかった。

すでに勃ちきっていた流田の雄の先端が、佐久間の後ろに押し当てられる。

「やぁ……ん」

腰をくねらせ、目隠しされた顔を流田へと向ける。

「言えよ。『いれて』って」

流田がまたも『言葉』を求め、佐久間の尻を叩いた。

「……いれて……」

掠《かす》れた声で望まれた言葉を告げ、尻を突き出す。

「いいねえ」

流田はようやく満足したようで、くすりと笑いながら流田の後ろを両手で押し広げると、ずぶ、と先端をねじ込んできた。

「あっ……」

高い声が口から漏れ、自然と腰が突き出てしまう。

「焦るなって」

流田の苦笑が頭の上で響いたと同時に、また、ぴしゃ、と尻を叩かれた。

「や……ん」

軽いじんとした痛みにますます欲情を煽《あお》られ、もどかしさから身体がくねる。

「仕方がないな」

流田もまた、既に我慢も限界を超えているのは、微《かす》かに震える声から佐久間にもわかった。だが、口ではそんな呆れたようなことをいってみせると佐久間の腰を掴み、一気に奥まで貫いてきた。

「やっ……あっ……」

激しく突き上げられるうちに、佐久間の身体は大きく仰け反り、次の瞬間前へと倒れこむ。

「大丈夫かよ」

そう言う流田の動きもいつになく性急で、佐久間の興奮が伝わったかのように、痛いくらいの勢いで腰を打ちつけていたが、やがて「う」と低い声を漏らし中で果てたようだった。

「やぁ……っ」

ほぼ同時に佐久間も達し、白濁した液を飛ばしながら両手を広げ、ずるずるとその場に崩れ落ちていった。

「……大丈夫か？」

酸素を求め大きく上下する背中を、流田がさすってくれる。決して意図したわけではないが、その感触に、びくく、と佐久間の身体が大きく震えた。

「もう一回か？」

くす、と笑いながら流田が佐久間の背に覆い被さってくる。彼の問いに答えるかわりに、佐久間はまだ挿《い》れたままになっていた流田の雄をぎゅっと締め付けてやったのだった。


「……これじゃバレるわな」

情事のあと、二人の精液の飛んだシーツを撫《な》でまわしていた佐久間が、ぼそりとそう呟《つぶや》いたのに、流田は思わず吹いてしまった。

「それにしても、神経太いな」

既に目隠し代わりのシャツは佐久間の手によって外され床へと落ちていた。じろ、と流田を睨みながら佐久間はそう言うと、よいしょ、と身体を起こし、自分の脱いだ下着を床から拾い上げた。

「何しろ清さんは昭和ヒトケタだ。神経も太いってもんだろ」

「お前もだよ。清さんに気づかれているのを承知で、よく彼女の前で俺を部屋に誘えるよな」

続いてTシャツを拾い上げて身につけている佐久間に、

「シャワーはいいのか？」

と流田は尋ねたが、佐久間は「時間がないから」とそのまま服を着込み始めた。

「そろそろ二時間になるもんな。さすがにマズいって？」

にやにや笑いながらスラックスを手渡してやると、佐久間は、

「まあね」

と愛想なく答えてそれを身につけ、さてと、と独り言を漏らすと部屋の壁にかかる鏡の方へと歩いていった。

「ああ、そうだ、門にあったの、なにあれ？」

鏡の前で髪を整えながら、思い出したように佐久間が流田に尋ねてくる。

「門？」

門に何があったのか、思い出そうとした流田の頭に、ようやく佐久間の言う『あれ』が浮かんだ。

「ああ、あの笹か？」

鏡越しに佐久間と目を合わせ、笑いかける。

「近所の幼稚園に頼まれたんだ。七夕をやるのに庭の笹を貸して欲しいっていうんだよ。どうせだったらもっていけ、と切ってやったはいいが、幼稚園には置く場所がないってことで、七夕が終わるまで門柱に飾ってやってるのさ」

「なんだ、たまには『いいこと』もするんだな」

興味なさそうに相槌《あいづち》を打った佐久間が、身支度を整え終えたのか、くるりと流田の方を振

り返った。

「ご近所さんは大切にしないとな」

ぱちりと片目を瞑ると流田は、ああ、そうだ、とまた新たに思い出したことを佐久間に告げた。

「そういや今日は七夕じゃないか」

「今さら何を言ってるんだか」

呆れた口調で佐久間はベッドへと近づいてくると、まだ裸のままで寝ている彼の傍らに腰をかけ、サイドテーブルに置かれたビールのビンを振った。中が入っていることを確かめたようで、生暖かくなっているだろうその液体をコップへと開けると、一気にそれを飲み干し、いかにも不味《まず》そうな顔をしてみせた。

「新しいのを持ってこさせるか」

「いいよ」

じろ、と裸のままの流田を睨みつけ、佐久間が悪態を口にする。

「ほんと、自由業は暦にも鈍感になるな」

わざとらしく溜め息をついてみせる彼の嫌みに気づかぬふりをし、流田が尚も佐久間に話しかけた。

「七夕ねえ……そういやいつも雨か曇りだな。天の川なんて見たことない」

「それでも笹には願いごとってか?」

佐久間が、にや、と意地悪く笑ってみせる。なんだっけ、と素でわからず流田が問い返すと彼は、

「見たぜ。『一日一膳』。メシ食ってどうするんだよ」

と流田の裸の肩を小突いてきた。

「ウケ狙いじゃないか」

「じゃ、あの『おりひめとひこぼしがあえますように』ってのはなんだよ?」

「ああ、一年に一度の逢瀬《おうせ》だからな。密かに応援してやったのさ」

「馬鹿じゃないの」

それじゃな、と佐久間は立ち上がりかけたのだったが、その後ろ姿がなんだか寂しげに見え、流田はつい、腕を伸ばすと、

「おい」

と振り返った彼を強引に抱き締め、ベッドへと引き戻していた。

「なんだよ」

佐久間の顔には寂しさの気配もない。なんだ、勘違いか、と思ったと同時に、寂しいのは自分だったかと気づいた流田は、自虐のあまり、我ながら馬鹿馬鹿しいと思う問いを佐久間に発していた。

「一年に一度の逢瀬を邪魔する涙雨……どうする？　僕たちも一年に一度しか会えないとしたら」

「離せって。何、馬鹿なこと言ってるんだか」

予想どおり、呆れた声を上げながら流田の胸を押しやり立ち上がった佐久間を、

「ま、一年に一度じゃ、お前のカラダは満足しないだろうがな」

尚も揶揄することを言い、流田は彼の尻を叩いて送りだした。

「そりゃお前だろう」

「そんな淫乱《いんらん》なカラダに誰がした？　僕がしたってね」

「本当にお前、馬鹿だな」

一生言ってろ、と言いながら佐久間はドアへと向かいかけたのだったが、そのとき、いきなり響いてきた子供たちの歓声に足を止め、何事か、と流田を振り返った。

「ああ、幼稚園児たちが来たんだろう。七夕会をやるとか言ってた。それで清さんが庭で、てんてこまいだったのさ」

本当にもう、忙しい、とまさに『てんてこまい』状態だった家政婦の姿を思い出し、流田は思わず笑ってしまったのだが、佐久間はその笑みをまるで違う意味にとらえたらしい。

「十年付き合っているが、お前が子供好きだとは知らなかったよ」

嫌みったらしくそう告げる佐久間の顔には、どこか感慨深げな表情が浮かんでいた。

流田の中で、佐久間によくからかわれる『意地悪心』が頭をもたげる。

「かわいいぞう。お前も早く子供、作れよ」

それが佐久間にとって、言われたくない言葉だということはわかっていた。

佐久間が絶句し、流田を見る。

もしも流田が誰かから、佐久間夫婦に子供が生まれることを望んでいるかと問われたら、勿論《もちろん》、と笑顔で頷《うなず》きはしただろうが、実際の心情はとても笑えたものではなかった。

傷ついた顔をした佐久間が、ぶっきらぼうに言い捨て、踵《きびす》を返す。

「お前が結婚してつくりゃあいいだろう」

後悔の念が今、流田の胸に押し寄せていた。僕だって望んじゃいない。そう伝えてやりたい気持ちが言葉となって零れ出る。

「僕は結婚しないよ」

敢《あ》えて淡々とした口調で流田が告げた次の瞬間、わあ、と窓の外でまた子供たちの歓声が響き渡った。

「…………」

その声に更に傷ついたような顔をし、足を止めて肩越しに振り返ってきた佐久間に、流田は再び、

「僕は結婚しない」

そう繰り返し、肩を竦めた。

佐久間は何かを言いかけたあと、一旦《いったん》口を閉ざしたが、すぐ、ぶっきらぼうに言い捨てた。

「……お前限りでお家断絶かよ。どーすんだ、この家やら土地やら」

いかにも『馬鹿なことをいうな』『結婚しろ』とでも言いたげな佐久間の言葉に、かちん、ときたせいもある。佐久間がそんなことを願っていないことなど、勿論流田にもわかってはいたが、気づいたときには思わず言い返してしまっていた。

「お前の子供にやるからさ、早く子供、作れや」

「馬鹿か」

「子供はいいぞう」

あはは、と敢えて高く笑いながらごろりと流田は再びベッドに寝転がる。

本当に佐久間が子供を持ったら、冷静でいられる自信はない。

が、同時に流田の胸には常に、『これでいいのか』という思いがあった。佐久間と出会ったその日のことが流田の脳裏に蘇《よみがえ》る。

出会ったのは十年前になる。大学には受かれば行く、落ちればやめる、そんな軽い気持ちで受験に臨んだため、家の近所の一校しか受けなかった。

リラックスしていた流田に反し、隣の席に座る受験生は酷く緊張している様子だった。

「あ……」

間もなく試験開始の時間になったとき、筆箱を開けた彼が、絶望的な声を上げる。

「?」

どうしたんだ、と思わず流田は彼を見た。

「………」

視線に気づいたのか彼も流田を見る。

「どうしたの?」

真っ青になっているその少年が、女の子のように可愛《かわい》い顔立ちをしていた——というのが声をかけた理由ではなかったが、心には残った。

「……消しゴムが……入ってなくて……」

一瞬答えるのを躊躇《ちゅうちょ》してみせたあと、少年がぼそぼそと小さな声でそう告げる。

「………」

それは絶望的な顔にもなるだろう、と流田は、なぜに受験に消しゴムを忘れるかな、と半ば呆れつつも、唇を噛み俯《うつむ》いた彼を思わずまじまじと見てしまった。

が、次の瞬間、ああ、そうだ、と思いつき、自分の筆箱から消しゴムを取り出すと、それを二つに折り、片方を少年へと差し出した。

「はい」

「えっ」

少年が心底驚いた顔になり、流田を見る。

「あげるよ」

「でも……」

消しゴムなど半分の大きさで用は足りる。流田自身は『親切』というまでもない、本当にたいしたことない行為だと思っていたが、少年にとってそれは、いわば神様からの贈り物、といったような感激する出来事のようだった。

「いいの？」

「勿論」

使ってくれ、と笑ったあたりで、試験官が現れた。流田はそちらに意識を向けたが、隣からすすり泣く声が聞こえたのに驚き、視線を少年へと戻すと、少年は流田を見返し、

「どうもありがとう」

と目を擦《こす》りながら礼を言った。

「……どういたしまして……」

そう返しながら流田は、少年の涙に見惚《みと》れていた。

思えばあのとき、恋に落ちたんだろう——受かっても受からなくてもいいかと思っていたはずの試験に気合いを入れて臨んだのは、大学でまたこの少年と机を並べて学びたいと思ったためだった。

少年の佐久間という名も受験票を見て覚えた。受験番号も覚えた。そうするまでもなく、試験がすべて終わったあと、少年のほうから自己紹介をしてくれたのだが、そうして二人して受かった大学で共に過ごす時間は、流田にとってかけがえのない、輝かしい日々となった。

恋愛感情を深く胸の中に隠蔽《いんぺい》し友人として付き合ってきた佐久間と気持ちが通じ合い、肉体関係を持つようになったのは、流田としてはそれこそ『神様のくれた贈り物』に等しい喜びだった。

それだけに一昨年佐久間が結婚したときに、関係は清算すべきだと流田は覚悟を決めた。もともと、自分には過ぎた『贈り物』だったのだ。結婚し、真っ当《まとう》な人生を歩もうとする佐久間を笑顔で送りだそう。心からそう思っていたにもかかわらず、なぜかずるずると二人の関係はその後も続いていた。

そもそも自分には『真っ当な人生』は用意されていない。自分にその気がないのだから当然である。

だが佐久間は『真っ当』を望んでいた。その彼を『真っ当』から逸脱させている自分に流田は日々、自責の念を抱いていた。

それならもう、こうした関係をやめればいいのに、それはできない。

自己嫌悪から流田は、佐久間に彼の求める『真っ当』を思い起こさせてやることがままあった。

今日の『子供はいいぞう』もまたその現れだったのだが、佐久間に流田の気持ちが通じているかはわからなかった。

佐久間は流田を一瞥《いちべつ》したあと、乱暴な足取りでドアへと向かい、振り返りもせず部屋を出て行ってしまった。

バタン、と凄《すご》い音をたててドアが閉まる。また、わあっと子供の歓声が庭から聞こえ、流田は億劫に思いつつも身体を起こすと、自ら脱ぎ捨てた服を身につけ、窓辺へと向かった。

小雨が降る中、子供たちが広い庭を走り回っている。庭の真ん中、わざわざ敷居を作らせたのは、玄関の外に飾っておいた笹をそこへ飾るためだった。

清一人では無理だろう。男手が必要かな、と流田は大きく伸びをすると、部屋を出て玄関へと向かうために階段を降り始めた。

「ああ、坊ちゃま」

玄関を開けた途端、清が憤ったような顔をしていきなり流田を睨みつけてきたものだから、流田は驚いて、

「どうしたんだい？」

と彼女の顔を見返した。

「どうもこうもありませんよ。一体どういうつもりなんだか」

怒りも露に彼女が差し出したのは、一枚の短冊だった。

門柱にくくりつけてある笹の葉の傍《そば》に机を置き、いつでも子供たちが来て願いが書けるよう短冊とペンを備えつけておいたのだったが、それを使って書いたらしい文字には、清も流田も、いやというほど見覚えがあった。

「喧嘩《けんか》でもなさったんですか？　子供たちに見せる前に気づいてほんと、よかったですよ」

清の怒りももっともだった。その短冊に書きなぐられた言葉は一言、

『くそったれ』

先ほど出て行った彼の――佐久間の文字だった。

「単なる悪ふざけだろう」

「悪ふざけにもほどがありますよ」

本当にもう、とまだ憤っている彼女の手から短冊を受け取ると流田は丁寧にそれを二つ折りにして胸ポケットへと仕舞い込んだ。

乱暴に書きなぐられたその文字に、佐久間が感じたに違いない、己が感じている以上のやるせなさが表れているような気がしたからである。

流田の胸に、切ないほどの佐久間への愛《いとお》しさが込み上げてくる。

「さて、その子供たちに笹の葉を飾ってやるかな」

その切なさを振り切るようにシャツの腕を捲《まく》り上げ、流田は門へと向かうと、門柱に飾っておいた笹をよいしょ、と持ち上げた。顔を上げた先、笹の葉の間から覗く灰色の空から雨

の雫《しずく》が落ちてくるのが見える。

涙雨だな、と心の中で呟いた流田の脳裏に、別れしなに自分をじろりと睨みつけてきた佐久間の顔が過《よ》ぎった。

もしかしたら、今日が七夕だからわざわざ彼は訪ねてきたのかもしれないな。

ロマンチストじゃないか――いや、そんなことを考える自分のほうがロマンチストか、と思わず笑ってしまった流田の頬に、笹の葉を伝って雨の雫が零れ落ちる。

笹を運び終えたら、彼に電話をしてやろう。また夜に来い、と誘ってやるのだ。一年に一度の逢瀬を楽しめなかった空の上の恋人たちの代わりに、夜が明けるまで僕たちは抱き合ってこの夜を過ごそうと言ってやろう。

わざと笹を大きく揺らし、涙の雫のような雨粒をあたりに振り撒《ま》きながら庭へと足を進める流田の耳元で、『馬鹿か』と呆れた口調で呟く佐久間の幻の声が響いた。

五月五日

「あれ、清《きよ》さん、今年も出すの？」

流田《ながれた》の朝は遅い。定職を持たない彼の起床時間は目覚めたとき、といういい加減なものだが、そもそも就寝するのが通常は午前三時以降であるので、八時前に起きたことがない。

今朝も流田が二階の寝室から、朝食をとるべく食堂へと降りてきたのは午前九時過ぎだった。

台所に誰もいなかったために清の居所を探し、応接間で彼女を無事に見つけた流田の口から漏れた言葉の意味は、清が今、何をしているかをそのまま物語っていた。

「そりゃ出しますよ。今日は男の子のお節句じゃないですか」

さも当然、といわんばかりにそう告げた清の手には、大きな兜《かぶと》があった。横にはまんまるな顔もかわいらしい武者人形も飾ってある。

五月五日――『こどもの日』という祝日だが、『端午の節句』でもあるため、清は毎年流田家の一人息子である彼のために、由緒正しき由来だという兜と五月人形を飾るのである。

「もう、いい加減いいんじゃないの？　僕ももう、今年二十八だよ」

「せっかくこんな立派なお飾りがあるんですもの。いいじゃあございませんか」

虫干しとでも思えば、と清は流田の言葉を軽く流したが、彼女の真意が別のところにあることはわかっていた。

甲冑《かっちゅう》は流田家に長く伝わるものだが、五月人形は今は亡き流田の母親が購入したものだった。子供の――流田の無病息災を願い、毎年五月の節句に飾っていたのを、清は母から引き継いでいるつもりに違いない。流田はそう思っていた。

「鯉《こい》のぼりは？　さすがに飾らないか」

あえて彼女の心情には気づかぬふりを貫きつつ、そう問いかけると、清は兜を拭《ふ》く手を休めず首を横に振った。

「腰にきそうなのでやめておきました。あれはもう、私には文字通り、荷が重い」

「うまいことを言う」

あはは、と思わず高く笑ってしまった流田を、清がじろりと睨《にら》む。

「坊ちゃんが飾ってくださってもいいんですよ。立派な鯉ですもの。幼稚園の子供たちもさぞ喜ぶでしょう」

流田家の近所に、幼稚園がある。流田はもともと子供がそう好きではないのだが、清は無類の子供好きらしく、列をつくって通園する幼児たちをよく目を細めて眺めている。

それゆえ出た言葉ではあろうが、大切なことを忘れている、と流田は彼女に思い出させてやった。

「今日は祝日だからね。幼稚園は休みだよ」

「あら、そうでした。このところ静かだと思いましたよ」

「世間じゃ大型連休だからね」

今年はうまい具合に土日がかかり、勤め人や学生にとってはかなり長い連休となっていた。明日の日曜日でそれも終わるが、流田にとっては毎日が『連休』であるため、まったく恩恵がない。

清も同じことを思ったようで、

「私には関係ない話ですねえ」

と首を横に振り、兜を拭く手を止めた。

「さて、朝ご飯にしましょうか」

飾った兜にケースをかぶせ、清が流田を振り返る。

「ああ、お願い」

返事をし、先に立って食堂へと向かった流田の背に、清が恨みがましく声をかける。

「せっかく飾ったんですから、あとでちゃんと見てくださいね」

あまりに流田が兜にも五月人形にも興味を示さなかったことをどうやら彼女は怒っているらしかった。

「ああ、見る見る」

実際、興味のかけらもなかったが、清の努力のあとは見よう、と肩越しに彼女を振り返る。

流田としてはそのつもりはなかったのだが、清の耳には彼の口調がいかにも面倒そうに聞こえたらしい。

「もう、坊ちゃんはいつもそうなんですから」

不満そうにそう告げたかと思うと、ここで思わぬ名を出してきた。

「佐久間《さくま》さんは毎年、凄《すご》い凄いと目を輝かせて見てらっしゃるじゃありませんか。あそこまでとは言いませんけど、ご立派な兜と人形なんですから、少しは興味を持ってくださいよ」

「あれは世辞だよ。清さんが自慢するもんだから、合わせてくれてるのさ」

唐突に出た佐久間の名に、流田は一瞬、清の意趣返しかと深読みしたものの、この老女はそこまで人が悪くはあるまい、と内心苦笑し、逆に自分が『人の悪い』言葉を口にした。

「あら酷《ひど》い」

清はますますむっとしてみせたが、それが流田なりの冗談だということも察したようで、

「それじゃあ、今年も誉めてもらいましょうかね」

と言いながら台所に消えようとした。

「来ないと思うよ」

その背に流田が声をかける。

「え？」

清が驚いた顔で振り返った。

「来ませんか」

「来ないよ。大型連休の最中だぜ。普通は家族と過ごすだろう」

ごく当たり前のことだ。そう思いながら告げているというのに、今、流田の胸には錐《きり》で穴を空けられているかのような持続した激しい痛みが走っていた。

「あら、まあ。どうしましょう」

清が心底困った声を出したのに、はっと我に返る。

「どうしたの？」

佐久間が来ないとなぜ彼女が困るのか。まるでわからず流田が問いかける。

「てっきりいらっしゃると思って、ちまきをたんと作ったんですよ。困るわ。余ってしまう。あらどうしましょう」

「…………」

なんだ、と彼女の答えに思わず笑ってしまう。そういや佐久間は清の作ったちまきも美味《うま》い美味いといくつも平らげてみせたのだった、と、その顔を思い出す流田の胸に、また鋭い痛みが走った。

その痛みを紛らわせるために、清をからかうことにする。

「清さん、ボケたんじゃないの？　佐久間は去年も来てないよ。結婚したばかりでさ」

「ああ、そういやそうでした。あらやだ、ほんとにボケたのかしら」

忘れてましたよ、と清が落ち込んでみせる。

「まあ、あいつは結婚したくせに、する前同様ちょくちょくウチにサボりにくるから。清さんが忘れるのも無理ないよ」

慰めの言葉を口にしながら、流田は佐久間を思う。

清には『世辞』と言ったが、彼が初めてあの兜飾りを見たときには度肝を抜かれた顔になり、凄い凄いと連呼していたな、と、流田は懐かしく当時のことを思い起こした。


「凄い！　なんだこれ！」


十年前、流田と佐久間は共に大学に合格を果たした。

入学式では、流田が探そうとするより前に佐久間は流田を見つけ出し、笑顔で駆け寄ってきてくれた。

偶然とはすばらしいもので、二人は教養課程で同じクラスとなり、その後ごくごくスムーズに友情が結ばれた。

入学してすぐの連休となったゴールデンウィーク、不定期にバイトを入れてしまったので、遊びに行くことができないと不満を漏らす佐久間を流田は初めて自宅に誘った。

高校在学中、流田は同級生を家に招いたことがなかった。

小学校、中学校のときには友人と思っていた同級生を自宅に招いたことはあった。家に来た流田の同級生は、自分の家との格差を必ず口にし、二度と訪れることはなかった。

友人のはずだった彼らは、訪問の翌日から流田と距離を置くようになる。そればかりか陰口を叩《たた》くケースが多く、それがトラウマになり滅多なことでは家に人を呼ばなくなった。

にもかかわらず佐久間に声をかけた真意は、流田自身にもよくわからなかった。

失いたくない気持ちは、小・中学校の友人以上に強かったはずだった。なのに、

「何がゴールデンウィークだよ。全然ゴールデンじゃないっつーの」

と不満を漏らす彼を「よかったらウチに遊びに来ないか」と誘っていた。

「え？　いいの？」

佐久間が目を輝かせる。その顔が見たくて自分は申し出たのだろうなと流田は納得した。

佐久間のバイトが休みだったのは、五月五日、端午の節句その日だった。

十年前も清が張り切って兜と人形を飾っていた。立派な門構え、古いがゆえに、豪華さに重厚さが加わった家の佇《たたず》まいに、門から足を踏み入れた瞬間から佐久間は、

「凄い！　凄い！」

と言っていたが、兜飾りを見た瞬間、

「こんなん初めて見た！」

と、感激が最高潮に達したらしく、目を輝かせたのだった。

「お前んち、凄いな。江戸時代みたい」

興奮しているのか意味不明の言葉を口にしていた佐久間は、清にもまた酷く感動してみせた。

麦茶を運んでくれた彼女を、長年世話になっている住み込みの家政婦だと紹介すると、

「あらあら。坊ちゃんがお友達を連れてくるだなんて、何年ぶりでしょう」

喜ぶ清の前で佐久間は、

「『坊ちゃん』‼」

とその呼び名に感動し、キラキラと輝く目を流田に向けてきた。

「『坊ちゃん』！　凄いな」

「別に凄くはないよ」

謙遜《けんそん》しているわけではなく、心の底から流田は『凄くない』と思っていた。が、同時に、『凄い』は別にしても特殊な呼び名ではあるという自覚もあったため、こんなことなら清に、佐久間の前ではそう呼ぶなと注意を促すべきだったと後悔もしていた。

「凄いよ。なんか明治時代みたい」

だが続く佐久間の言葉を聞いたとき、流田は自分の悩みが杞憂《きゆう》であることに気づいたのだった。

先ほどは江戸、今度は明治か、と苦笑した流田に、佐久間がフォローを入れてくる。

「ああ、ごめん。古いとかボロいとかいう意味じゃない。由緒正しいっていうか、うん、凄

いな、と思って」

佐久間は今まで流田が家に招いた友人とは、まるで違うリアクションを見せていた。素直に感動を面《おもて》に表す彼はどうやら、僻《ひが》みや妬《ねた》みといった感情とは無縁であるようだ。天使のように可愛《かわい》い顔をしているが、心も天使そのものなんだな、と流田は深い安堵《あんど》を感じると共に気持ちが弾んできてしまった。

「それに『坊ちゃん』なんて、漱石《そうせき》の小説のタイトルでくらいしか知らないし」

「池に小石が落ちるときにも聞こえるよ」

自分でもつまらない、と思えるツッコミに、懸命に言葉を続けていた佐久間が瞬時にして呆《あき》れた顔になる。

「『ぼっちゃん』……しょーもな」

「あとはそうだな……」

流田は尚《なお》も『ぼっちゃん』と音の似た単語でボケようとした。しつこいなと自分でも思いつつせずにはいられなかったのは、相当浮かれているためだという自覚はあった。

流田は——嬉《うれ》しかった。佐久間を家に招いたときに、彼もまた以前家に来たことのある同級生のように自分との間に線を引くかもしれないと、それを案じていただけに、少しも変わらない佐久間の態度を、酷く嬉しく感じたのだった。

それゆえ浮かれすぎていた流田は、調子に乗りこのあと失敗を犯すのだが、常人の彼にはほんの数分後の未来を見通す力も備わっていなかった。

「もういいって」

佐久間が苦笑し「それにしても」とぐるりと室内を見渡す。

「お前の家、金持ちなんだな。藤臣《ふじおみ》先輩が言ったとおりだわ」

「藤臣……ああ……」

流田の浮かれた心が、ここで瞬時にして冷え込んだ。

佐久間が話題に出した『藤臣先輩』をあまり好きではなかったためである。

佐久間の家は豊田《とよだ》にあった。出身高校は多摩地区にある都立高校だが、藤臣というのは高校こそ違うものの、小学校から中学、否、それ以前に幼稚園でも『先輩』にあたる男——早い話が佐久間にとっては一歳年上の幼馴染《おさななじみ》なのだった。

佐久間がこの大学を選んだのは、本人曰《いわ》く学力にあわせたということで、そこに偶然、藤臣がいたというだけだそうだが、藤臣のほうでは、子供の頃から可愛がってきた彼が、自分を慕って同じ大学に進んだと思っているらしく、サークルも自分と同じところに入れ、授業も一緒にとろうと誘ってくる。

藤臣は佐久間がよく一緒にいる流田もまた自分の『後輩』とでも思っているのか、彼が主宰しているというゴルフサークルに勧誘したり、一般教養の授業はローテーションで出席しようと誘ってきたりした。

「結構です」

流田の目には藤臣は、いかにも『体育会系の馬鹿』と映っていた。

彼が主宰しているサークルはゴルフだったが、体育会ゴルフ部のレベルが非常に高く、その中では目立てないからといった理由で作ったのが見え見えだと流田は思っていた。

身長が自分より数ミリ高いことも、そこそこ整った顔立ちをしていることも、気に入らない要因ではあった。が、もっとも気に入らないのは、佐久間が藤臣を慕っている点だということもまた、流田はしっかり自覚していた。

その藤臣の名を出され、少々不快に感じていたために、流田の浮かれた気分は一気にしぼんでしまったのだった。

「先輩が言ってたんだ。流田の家は凄い金持ちだって。なんていうんだっけ。ああ、地主？土地をたくさん持ってるから、働かなくてもお金が入ってくるって。聞いたときにはよくわからなかったけど、家にきてみてなんとなくわかった。確かに金持ちだわ」

凄いな、と佐久間がまた、兜飾りへと駆け寄り、まじまじと眺め始めた。

「働かなくても食べられるって、凄いよな。ウチなんて親父が安月給のサラリーマンだから、マジで憧れるよ。呼ばれてみたいな、『坊ちゃん』とか」

佐久間はそう言うと、くるりと流田を振り返り、目を輝かせたままこう告げる。

「藤臣先輩もだいたいウチと環境が一緒だからさ、流田のこと、羨《うらや》ましがっていたよ。先輩にも声、かけてあげればよかったな。先輩、こういう古い兜とか、家とか、大好きなんだよ。ああ、今日、バイトじゃなきゃな」

来られたのに、と心底残念そうに言う佐久間を前に、流田は誰が呼ぶか、と心の中で悪態をついた。

佐久間が延々と藤臣の話をするのが面白くなかったから——というのは、言い訳だった。あとからどれだけ悔やむことになるか、想像はついたはずなのに気づいたときには流田は喋《しゃべ》り始めていた。

「金があってもね。幸せってわけじゃないよ。あればあったで背負《しょ》わなくてもいい不幸を背負《よ》い込むことにもなる」

「え？」

佐久間の顔から笑みが消える。それは不快に思ったからというより、流田が何を言っているのかがわからないからのようだった。

「現に僕の母親がそうだ。こんな家に嫁いでこなかったら、もっとまともな人生を送れていただろうに」

「……あの……」

佐久間がおずおずと流田に声をかけてくる。好奇心はあるものの、聞いていいのかと迷っている様子の彼の顔は、なんともいえずに可愛い。そんなことを思いながら流田は話を続けていった。

「そう、少なくともあんな死に方はしなくてすんだんじゃないかと思うよ」

「……お母さん、亡くなったんだ……」

聞いてはいけないことを聞いてしまった。そんな表情が今、佐久間の顔にはありありと表れていた。

「ああ。もう十年以上昔だよ。僕が小学校二年のときだ」

語る流田の脳裏に亡くなった母の白い小さな顔が浮かぶ。

「金があるからか、父は何人もの女を外に囲っていたんだ。しかも母に隠すでもなく、堂々と。父と母は見合いでね。この時代に血筋もなにもあったもんじゃないだろうけど、旧華族の家柄、だが戦後は落ちぶれて……という家に育ったからか、母は無駄にプライドが高かった。浮気しないで、と泣いたり、冗談じゃない、離婚だと怒りでもすれば、父もそこまであからさまなことはしなかったんじゃないかと、今となっては思うけど」

「………」

流田の話に佐久間はただただ聞き入っている。それではよりドラマチックに話してやるか、と流田は内心苦笑しつつ続きを話し出した。

「母は堪《こら》えに堪えていた。父は彼女の忍耐に気づかず、浮気を続けていた。もしかしたら父のほうでは、母が平気な顔をしていることに対して、思うところがあったのかもしれない。

母は綺麗《きれい》な人でね、結婚は父が母にぞっこん惚《ほ》れ込んで口説き落とした結果だった。困窮していた母の実家にずいぶんな額を融資もしていた。そうまでして結婚したというのに、結婚後になぜ、浮気をしたのかとは思うけどね」

肩を竦《すく》めた流田に対し、佐久間はどうリアクションをとっていいのかと困った顔をしていた。

まあ、困るよな、とまたも密《ひそ》かに苦笑しつつ先を続ける。

「父の浮気に、母は平気な顔をしていたが、実際、平気じゃなかったようだ。少しずつ精神が壊れていって、ついには自殺してしまった。その頃には父の愛人は四人に増えていた」

流田はここで佐久間のほうをちらと見た。佐久間は無言で俯いている。

彼にとっては刺激が強すぎる話だったんだな、と察した流田の口から、思わずこの言葉が漏れた。

「嘘《うそ》だよ」

「え？」

佐久間がぴょこ、という擬音が聞こえそうな勢いで顔を上げる。

「嘘？」

「ああ。母は自殺なんてしてない」

笑顔でそう告げた流田の前で、見る見るうちに佐久間の顔が真っ赤になっていった。

「からかったのか？」

ほぼ怒鳴るようにして佐久間が問いかけてくる。

「ああ」

流田が頷《うなず》くのを見て、佐久間の顔がますます赤くなる。次の瞬間、

「帰る！」

余程怒りが大きかったのか、佐久間はそう言い捨て、応接間を駆け出していった。

「あらまあ」

ちょうど麦茶と柏餅《かしわもち》を盆に載せてやってきた清の傍《かたわ》らを佐久間が駆け抜ける。

「清さん、大丈夫？」

取り落としそうになった盆をしっかりと握り直した彼女に問うと、清は、

「ええ」

と頷いたあと、責めるような視線を流田へと向けてきた。

「まったくもう、なんだってあんな嘘をおつきになったんです」

「やだな、清さん、立ち聞きしてたのかい？」

悪趣味だな、と睨むと清は、

「いやですよ。ちょうどお茶を出そうとしていただけじゃないですか」

と言い訳しつつも、少々バツの悪そうな顔になった。

やはり立ち聞きする気満々だったのか、と苦笑する流田を、

「それにしたって」

と清が逆に睨んできた。

「どうして『嘘』なんておっしゃったんです。本当のことじゃあありませんか」

「……………まあ、自殺かどうかはわからないけどね」

肩を竦めた流田の前で、清が痛ましげな顔になる。

「坊ちゃん……」

「難しいね。友達との距離感は」

清に言ったというより、これは独り言だなと流田は自嘲《じちょう》した。

「話す必要はなかったな」

「せっかく坊ちゃんが久しぶりにお友達をお連れになりましたのにねえ」

ぼそ、と呟《つぶや》いた流田の言葉は、清の耳には届いていないようだった。

いや、聞こえていて聞こえないふりをしてくれているのか、と流田は清の真意をはかりかねつつも、

「せっかくお茶を用意してくれたのに、悪かったね」

と彼女の労をねぎらった。

「坊ちゃんだけでも、召し上がってくださいな」

清がテーブルに柏餅と麦茶を一人分だけ置き、応接間を出ていく。

部屋を出しなに清は流田を振り返ると、

「ありがとう」

と礼を言った彼に頭を下げつつ、小さな声で言葉を漏らした。

「奥様は自殺じゃあないと、私も思っていますよ」

「清さん」

「子供を――坊ちゃんを残して死ぬなんて、母親がするはずありませんから」

清は一気にそれだけ言うと、ぺこりと頭を下げ流田の返事を待たずにドアを閉めた。

「まあ、普通の親ならそうなんだろうけどね」

あの頃の母はとても『普通』といえるような状態ではなかった、と幼い自分の目に映っていた母親の放心した表情を流田は暫《しば》し思い起こしていたが、やがて、ふう、と息を吐くと、せっかく清が用意してくれたのだからと菓子を食べるべくソファに腰を下ろしたのだった。

柏餅を食べながら流田は、なぜ自分は佐久間に打ち明け話をしようなどと考えたのか、と己の心理を振り返った。

自分のことを知ってもらいたかったのだろうか。生い立ちから親からすべてを？

それはないな、と首を横に振る流田の脳裏に、怒りのあまり真っ赤になっていた佐久間の可愛い顔が蘇《よみがえ》った。

紅顔の美少年という言葉があるが、まさに佐久間にはぴったりな表現だと一人納得する。

佐久間と初めて会ったのは受験会場だったが、性別は男だとわかっているのに流田の頭に浮かんだ言葉は『美少女』という単語だった。

色素の薄い肌と髪の色が、雑誌や広告などで見る外国人の美少女を連想させた。

本人に自分がそうも綺麗だという自覚がないらしいことは、入学し、机を並べるようになってからわかったことだが、周囲の人間が彼を見る目はやはり、自分と同じく『美少年』という認識であることも流田は同時に察していた。

惹《ひ》かれたきっかけは容姿だったが、やがて美貌《びぼう》をまったく意識していない人柄に魅力を感じるようになった。

友達になりたい。久しく抱《いだ》いていなかったそんな感情に自分は戸惑いを覚えているのかもしれない。

友情とは一方的な感情では成り立たない。双方が感じていなければ友達にはなれない。

今現在、流田が友情を感じているように、佐久間もまた流田に対し友情か、もしくはそれに近い感情を抱いてくれている兆しはあった。

だが今後、その感情が佐久間の中で持続するのか。それを考えたとき、持続する、と自信をもって頷くことができないのもまた事実だった。

流田に友人と呼べるような人間は佐久間しかいない。だが佐久間には多くの友人がいた。

その最たるは『藤臣先輩』だ、と、その風貌を思い出す流田の口から、舌打ちが漏れる。

佐久間の『特別』になりたい。唯一無二の友人になりたい。

その願いがかなえられる確率はかなり低そうだという思いが、自暴自棄としかいえない行為に自分を走らせたのかもしれないな、と流田はここで自己分析を終えた。

もともと手に入らないものなら、こちらから手放す。

プライドがそうさせる、というより、どちらかというと自分の臆病《おくびょう》な性格がブレーキをかけた、そんな感じだった。

これでもう、佐久間との友情も終わったなと自嘲する流田の胸に差し込むような痛みが走る。

冷静になって考えれば友情を結ぶにあたり、彼の『唯一無二』になる必然性は何もないはずだった。

藤臣先輩と同列であったとしても、果たしてなんの問題があるのか。ない、という答えしか浮かんでこないが、感情は『それではいやだ』と告げていた。

これじゃあまるで恋だ、と苦笑した流田の胸が、どきり、と変に高鳴る。

恋――。

「……馬鹿な……」

思わず吹き出したものの、その瞬間、ずきりと胸が痛んだのを流田ははっきりと自覚した。

それでも認めることは怖くてできず、麦茶を一気に飲み干すと、感情のおさめどころを得るべく立ち上がる。

「清さん、ビール」

未成年ではあったが、家人の目がなかったために流田には高校生の頃から飲酒癖があった。

大声を上げた彼の耳に、ぱたぱたと廊下を駆けてくる清の足音が届く。

「いけませんよ」

ドアを開けた途端、清は怖い目で流田を睨んだが、

「飲みたいんだ」

と告げると、いかにも渋々といった様子をしつつ、台所へと引き返していった。

主の命令は絶対――というよりは、清には自分が飲まずにいられない気持ちであることがわかるからだろう、ということもまた、流田は察していた。

きっと清はビールと、それにつまみになる枝豆か何かを盆に載せ、再び応接間のドアを開くに違いない。

そう確信し、一人微笑《ほほえ》んだ流田の脳裏にふと、佐久間の赤い頬《ほお》が過《よ》ぎった。

『帰る!』

帰って、そして二度と訪れることはないのだろうなと苦笑する流田の胸にはまたもずきりとした痛みが走ったが、流田は敢《あ》えて気づかぬふりを決め込むと、

「清さん、早くー」

とビールを急《せ》かしたのだった。

翌日、流田は一般教養の法学の授業に出るべく大学に出向いた。

階段教室の最上部、定席に陣取りノートを広げる。

佐久間もまた、この授業をとっていた。藤臣もとっており、順番に出席し、出席カードを出そうという提案をされたのだが、流田はその申し出を丁重に断った。

サボること、イコール悪、というほど高い倫理観は持ち合わせていない。単に法学の授業に興味があったのと、誘ってきたのが藤臣だったために断ったにすぎなかった。

佐久間は断らなかったため、講義には三回に一回、出ればいいほうだった。

確か先週は出席していたから、今週は来ないだろうなと思い、それで流田は出席を決めたのだった。さすがに今、佐久間と顔を合わせるのは気まずいと思ったせいである。

もうすぐ准教授が来るな、と腕時計を見やった流田の目が、始業ぎりぎりで部屋に駆け込んでくる学生たちの集団に注がれる。

というのも、最後に入ってきたのが見覚えがありすぎるほどにある男だったためだが、教室内をきょろきょろと見回していた彼は――佐久間は、流田に会うためにこの講義に出席しようと思ったようだった。

流田にとっての定席に座っていたため、すぐに佐久間には見つけられてしまった。佐久間が少し怒ったような顔で、階段教室を上ってくる。

やはりまだ怒りが持続しているんだろうか。となると謝るしかないかと流田が考えているうちに、佐久間がすぐそばまでやってきた。

「となり、いい？」

仏頂面《ぶっちょうづら》のまま、佐久間が流田に問う。

「……ああ」

断る理由はなかった。しかしどうした風の吹き回しだと、流田はつい探るように佐久間を見やってしまっていた。

「真面目に毎週出てるのな」

佐久間がぼそりと呟くように話しかけてくる。

「法律に興味があるからね」

話しかけてくる佐久間の意図が今一つ読めず、答えを返す。

「……そうなんだ」

佐久間が何か言いたげな顔をし、相槌《あいづち》を打つ。と、そのタイミングで准教授が教室に入ってきて、会話はそこで打ち切らざるを得なくなった。

講義の最中、流田は佐久間の視線を感じていた。が、敢えて彼を見返すことはなかった。佐久間の意図は気になる。だが確かめる勇気が出ない。

九十分の講義がやたらと長く感じられた。講義内容は流田が興味を持っていた『未必の故意』についてだったのだが、定義を理解できない学生が質問を発している、その内容は流田もまた聞きたいものだったにもかかわらず、少しも頭に入ってこなかった。

質問者が出たせいもあり、チャイムが鳴ったあとも准教授は教室に留《とど》まっていた。

「行こうか」

質問したい事項はあったが、前の質問者が長引きそうだったので、流田は佐久間に声をかけ席を立った。

ちょうど昼休みにかかり、昼食を共にとろうという誘いのつもりだった。勿論《もちろん》、断られることも覚悟していた。が、佐久間は無言で立ち上がり、流田のあとについてきた。

怒っている顔も綺麗だな、と思わず見惚《みと》れそうになる。怒りながらも彼は何かを自分に伝えに来たのだろう。その『何か』がたとえば、絶交状のようなものではないといいなと流田は望み、小学生でもあるまいし『絶交』はないかと自嘲した。

「学食に行こうか。それとも、外に行こうか。佐久間はこのあと講義、あったっけ？」

午後の講義は語学だったので、出ても出なくてもいいかと流田は思っていた。

さすがに佐久間の取っている授業までは把握していなかったために、三限があるのなら学食に行こう、と佐久間を誘おうとしたのだが、佐久間は無言で首を横に振った。

「……ごめん、まだ怒ってる？」

口を利きたくないほどに怒っているのか、と察し、まずは謝罪、と流田が頭を下げる。

しかしそうも怒っているのなら、わざわざ出る必要のない講義に出て、隣に座るというのもおかしな話だ。そう思いながらも、とりあえずの謝罪をした流田を、佐久間がきつい目で睨んできた。

「なに？」

「………………」

怒っている、という意思表示だろうかと思いつつも問い返すと、佐久間は一段と厳しい目で流田を見返したあと、やにわに手を伸ばし流田の腕を取った。

「え？」

なんだ、と戸惑っているうちに佐久間は流田の手を引き、歩き始めた。

振り解《ほど》こうと思えば振り解けなくもない。中途半端に摑《つか》まれた腕を見やりながら流田は佐久間のあとに続く。

佐久間が流田を連れていったのは、体育館の裏手、土手状になっているいわば大学の裏庭ともいうべき場所だった。

チャイムが鳴ったばかりだからだろう、普段は手製やコンビニで購入した弁当を広げる女子大生で溢《あふ》れるその場所に、一人の人影も見出《みいだ》すことができない。

人気《ひとけ》のない場所で話したかったのか。それともここは何か意味のある場所だったのか、と内心首を傾《かし》げつつ、流田は足を止めた佐久間の後頭部を見やった。視線を感じたのか、佐久間がゆっくりと振り返る。

「……どうして、嘘なんて言うんだよ」

ぼそり、と小さな声で告げた佐久間が、流田を睨んだ。彼の目が少し潤んでいるような気がし、どきり、と流田の鼓動が高鳴る。

「ごめん。からかうつもりはなかった」

流田は佐久間の言う『嘘』を、昨日自分がした話のことだと思っていた。

実は『嘘』ではない。が、それを知らせるつもりはない。それゆえ謝罪した流田の前で佐久間は酷く傷ついた顔になった。

「また、嘘つくんだ」

「え？」

何を言っているんだ、と流田が目を見開く。と、ここで佐久間が、流田の好まない名を出した。

「お前の家から帰るとき、偶然藤臣先輩に会った。むかついてたからお前にからかわれた話したら……」

「……話したんだ、藤臣に」

「『先輩』な」

佐久間は上下関係に厳しいタイプには見えない。藤臣のことも『たか兄《にい》』と彼しか呼ばないニックネームで呼んでいた。

それが最近、『藤臣先輩』と呼ぶようになったが、おそらくそれは彼がその藤臣に誘われて入ったゴルフサークルで、藤臣の同級生から何か言われたためだと思われた。

まあ、そんなことにもともと興味はない。そもそも流田にとっては藤臣は、『先輩』でもなんでもなかった。

学年が上、という意味や、年長、という意味では確かに人生の『先輩』ではあるが、目上の人間として敬う気持ちはまったくないし、かかわりなど少しも持ちたくないと思っている。

だが別にそれを佐久間に主張することもないか、と口を閉ざしながらも流田は、自分との間のやりとりを佐久間がよりにもよって藤臣に話すとはと、そのことには不快感を覚えた。

「その『センパイ』がなんだって?」

不快さが声に滲《にじ》んでいるのが自分でもわかる。わざとらしく『センパイ』と強調した流田に佐久間もまた、一瞬むっとした顔にはなったが、すぐに気持ちを切り替えたようで話を続けた。

「藤臣先輩の叔父さん、お前の家の近所に住んでいるんだって。で、この間法事で会って、なんでかで流田のことが話題に出たら、叔父さんが、流田の……その……お母さんのこと、覚えてて先輩に教えたそうなんだ」

「……へえ………」

藤臣という名には、なんとなく覚えがあった。だが顔を見てもまったく見知らぬ男だったため、考え違いかと思っていた。

近所に親戚《しんせき》が住んでいたとは。それで名字に覚えがあったのか、と密かに納得したと同時に、当時は相当な騒ぎになっただろうから、覚えられていても仕方がないな、と溜《た》め息《いき》を漏らした。

「……本当のことだったんだ」

佐久間が流田の目をじっと見つめながら、そう問いかけてくる。

「……それは………」

どう答えよう、と流田は瞬時迷った。それは真実を告げることを躊躇《ためら》うというより、流田自身、『真実』を知らなかったためだった。

「……ごめんな。言いたくなかったんだろ?」

佐久間が心底申し訳なさそうな顔をし、頭を下げる。

君が罪悪感など覚える必要などないのだ、という思いが、流田の口を開かせていた。

「事故死か自殺か、迷うところだと警察は言ってたらしい。ただ、母は精神的にずいぶんと追いつめられてはいたからね、自殺という見解になったみたいだ。僕もまだ七歳だったからほとんど記憶がないんだ。だから、自殺か事故だったかは、よくわからない」

「………」

佐久間が痛ましそうな顔で流田を見る。そんな目で見るなよ、と苦笑しつつ流田は話を続けた。

「実際、父の浮気に母は追い詰められていた。だから自殺であっても不思議はない。でも、事故の可能性もなくはない……階段から落ちたんだ。その日、家に誰もいなかった。僕は清さんに映画に連れていってもらっていた。父は女のところにいた。僕と清さんが夕食を外ですませ、遅くに帰ってきて、階段の下で死んでいる母を発見した。それから大騒ぎになったよ。警察も勿論来た。不審死だからね。解剖もしたと思う。当初事故死と思われていたのだけれど、遺書めいた書き置きが見つかり、それで自殺と事故、両面から捜査されることになった。夜中にようやく連絡がついた父は、言葉を失っていたよ。遺書には恨み言が綿々とかかれていたからね」

一気にそこまで喋り終えた流田は、佐久間は果たして今、どんな顔をしているのだろうと気になり彼を見た。

「………」

佐久間は無言で項垂《うなだ》れていた。下を向いているために表情はわからない。

まあ、どんな顔をしていいか困っているのだろうなと流田はまた密かに苦笑しつつ、最後まで話し終えるべく口を開いた。

「遺書と思《おぼ》しきメモが書かれたのが数週間前とわかり、結局書類上は事故死で処理されることになった。だが父は自殺と思ったんだろうね。母が亡くなった家で生活をするのはつらかったとみえ、松濤《しょうとう》にマンションを購入して今も一人でそこに住んでいる。僕は母と面差しが似ているそうでね、僕と一緒に生活するのも父にとっては苦痛なんだってさ。父とは未《いま》だに滅多に顔を合わせない。それが普通になってしまっているから、寂しいと感じたことはなかった。家には清さんもいるしね。それに、物心ついたときから母は僕にとって怖い存在だったんだ。いつもぶつぶつと呪詛《じゅそ》めいたことを呟いては、ふらふらしていたから。父が怖がってあの家に寄りつかない気持ちもわかるよ。父ともともと交流がなかったから、会わなくてもまるで寂しさは感じない。他人《ひと》から見たら不自然な家族だろうが、僕としては、まあ、普通……のつもりなんだけどね」

流田はここまで喋ると、改めて佐久間を見やった。視線に気づいたらしく、佐久間もまた流田を見返す。

「嘘をついて悪かった。正直な話、母のことなど話すつもりはなかった。なぜ、君に打ち明けようと思ったのか、今でもわからないし後悔もしている」

「………」

佐久間が何かを言いかけたが、彼の口から言葉が漏れることはなかった。

これで終わりだな——流田の胸に確信が芽生える。

こんな面倒な背景を持つ自分と、積極的にかかわりたいと思う人間がいるわけがない。

やはり話さなければよかった、と今更の後悔に身を焼きつつ、流田は佐久間に笑いかけた。

「嘘と言ったのは、君に引かれると思ったからだ。嫌な思いをさせて悪かった……本当に」

言いながら流田は、確かに『嫌な思い』以外の何ものでもないな、と思わず笑ってしまった。

「それじゃ、またな」

この先、『また』があるかはわからない。同じクラスではあるから顔を合わせることはあるだろうけれど、育《はぐく》みかけていた友情は完全に終了したと流田は認識していた。

馬鹿なことをしたと思う。最初、受験のときに顔を合わせたときから、気になっていた相手だった。

共に合格し、友人になれた。大切に大切に、友情を育てていくつもりだったのに、それをうっかり忘れるとは、なんとも自分らしい。

馬鹿だった。だが、悔いたところで時間は戻らない。

失ってよかったのだ。この先、失いたくないと願うあまり臆病なまま友人関係を続けるよりは、いっそのこと壊れてしまったほうが、自分にとっても、そして佐久間にとっても好ましいことだったに違いない。

実際のところはどうだかわからないが、そう思うのが精神衛生上いいだろう。

もはや失ってしまったのだから——流田の胸には差し込むような痛みが走っていた。

無言の佐久間に背を向け、歩き出す。これで終わったという覚悟のもと、足を進めていた流田の背に佐久間の声が刺さる。

「おい、昼、どうすんだよ」

「……え?」

思いもかけない言葉に、思わず流田の足が止まる。振り返った彼の目に映ったのは、普段から見惚れずにはいられない佐久間の綺麗な顔だった。

「今日、俺このあと講義ないんだ。だからメシ、行こうよ」

「………」

まさかそう来るとは、と目を見開いた流田の前で、佐久間は相変わらず不機嫌そうな顔のまま口を開いた。

「またお前の家に行きたい。この間、ちゃんと見られなかったし」

「………気味、悪くないのか?」

父親さえも気味悪がって近寄らない家である。その経緯をすべて説明した今、まさか佐久間のほうから家を訪れたいと言ってくるとは思わなかった、と流田は彼に問いかけた。

「全然」

佐久間が声高《こわだか》にそう言い、胸を張る。

少しいきがっているような彼の顔は、本当に綺麗だった。

無理をしているに違いないとわかってはいたが、今は敢えて気づかぬふりをしよう、と心の中で呟く流田の顔に笑みが浮かぶ。

「清さんの料理は天下一品だぞ」

「あ、そんな感じ。なんでもできそう」

佐久間もまた流田に笑い返し、「行こう」と先に立って歩き出した。

後《のち》に流田は自分がこのとき佐久間に対し、完全に恋に落ちたと自覚することになる。

十一月十一日

1

「流田《ながれた》、いるか？」

いてもいなくても、あまり関係ないかと思いつつ、佐久間《さくま》はいつものように鍵のかかっていない玄関を入り、居間へと向かった。

普段は清《きよ》が台所から顔を出し、

「あらまあ、佐久間さん、いらっしゃい」

と声をかけてくれるのであるが、今日はその清も不在のようで、家の中はしんと静まりかえっている。

買い物にでも出ているのだろうか。それにしては鍵もかけずに不用心だ、と佐久間はいつも通される応接間へと向かい、そこも無人であることを確かめたあとに、やれやれ、と溜《た》め息《いき》をついた。

大学近くにある流田の家を訪れるのは、今や佐久間にとっては日課といってもいいような頻度になっていた。

最初に訪れたのは五月の節句で、応接間に飾られていた大きな兜《かぶと》飾りと立派な五月人形に度肝を抜かれたものだった。

何より、古くはあるが、建坪は果たしてどのくらいあるのかというほど広く、そして重厚な佇《たたず》まいを誇る家屋や綺麗《きれい》に手入れをされた広大な庭に驚いた。

流田の普段の服装は、こざっぱりしている、といった感じで、特に金がかかっているという印象はなかった。

なので彼の家がそうも金持ちであることに佐久間は気づいていなかったのだが、幼馴染《おさななじみ》の大学の先輩、藤臣《ふじおみ》の親戚《しんせき》がこの近所に住んでいるとのことで、とてつもない資産家であると聞かされたのだった。

言われてみれば、流田は佐久間がこれまで会ったことのないタイプの人間ではあった。身にまとっている空気が他人《ひと》とは違うのだ。

流田に初めて会ったときのことを、佐久間はよく覚えていた。

忘れるはずがない。彼のおかげで大学に合格したようなものなのだから、と改めてその日のことを思い出す。

佐久間にとっては第一希望の大学だったので、受験日は緊張しすぎてあまり眠れなかったのだが、そのせいで消しゴムを忘れるというとんでもないポカをしてしまった。

気づいた瞬間、頭の中が文字通り真っ白になった。

どうしたらいいのか——思考力はゼロになり、たとえば、試験官に借りるとか、今日、受験しているだろう同じ高校の人間を探すとか、普段なら思いつきそうな打開策を一つとして考えつかなかった。

すでに時間がなかったせいもある。あと五分もしないうちに試験が始まることに焦ってもいた。

もうだめだ――滑り止めのつもりで受験した大学は、英語でつまずき合格する見込みはなかった。

そのせいでますます緊張してしまい、それが忘れ物につながったのだが、自分のミスを悔いる余裕すら、そのときの佐久間には残されていなかった。

ただただ呆然《ぼうぜん》としていた。そこに天からの声が聞こえたのだ。

『どうしたの？』

天――ではなく、隣の席の受験生が声をかけてくれたことに対し、佐久間はすぐに反応できなかった。

白いセーターが目に眩《まぶ》しい。モデルか俳優か、そう思うほどに整った顔立ちをしている。

大天使――そんな単語がぽんと佐久間の頭に浮かぶ。

おそらく、白いセーターからの連想だったのだろうが、神や天使に縋《すが》りたい、その思いがほぼ思考力が落ちていた佐久間の口を開かせていた。

『……消しゴムが……入ってなくて……』

『………』

天使が――否、受験生が目を見開く。その顔を見て佐久間はようやく、我に返った。

我に返ったと同時に、もうおしまいだ、という絶望感に襲われる。

と、そのときだった。

『はい』

その受験生が自分の消しゴムを半分に折り、その片方を差し出してきてくれたのだ。

『えっ』

『あげるよ』

さも当然のことをするかのように、受験生が微笑《ほほえ》みながら尚《なお》も消しゴムを差し出してくる。

本当に彼は天使なんじゃないかと、自分でも変だと思える思考にとらわれていた佐久間は、
いつの間にか消しゴムを受け取っていた。

真っ白い消しゴムがみるみるうちにかすんでいく。

嬉《うれ》しい気持ちと安堵《あんど》が一気に胸に押し寄せてきて、それが涙となって目から溢《あふ》れ出た。

泣くと逆に冷静になり、まだ礼を言っていなかったことを思い出した佐久間は、なんとか
声を絞り出し、隣の受験生に礼を言った。

『どうもありがとう』

『……どういたしまして……』

そう返され、違和感から佐久間はますます冷静になることができた。というのも佐久間の周囲に『どういたしまして』と言う友人はいなかったためである。『ありがとう』に対して『どういたしまして』が正しい返しだという認識はある。が、使う人間はほとんどいない。

改めて佐久間は隣の受験生を見やり、端整な横顔に暫《しば》し見惚《みと》れた。

そうこうしているうちに試験が始まったのだが、感情が高ぶったあとだったので、普段以上に冷静に試験問題と向き合うことができたという、かえって幸運といっていい結果となった。

試験は三科目あり、休み時間や昼食の時間に、佐久間と受験生は少し話をしたものの、試験が気になり、あまり会話は弾まなかった。

恩人に対して失礼だという思いはあった。が、佐久間はどうしてもこの大学に入りたいと、今まで以上に強く願っていたのだった。

理由は、隣に座る受験生とまた、入学後にも会いたかったから——それに尽きた。名前も聞きたかったし、どこの高校かも聞いてみたかった。何より聞きたかったのは、この大学が第一志望なのかということだったが、それも試験が終わったあとだ、と我慢し、集中した。

すべての科目が終わったあと、席を立ち帰ろうとする彼に、佐久間は勇気を出して声をかけた。

『あの、本当にありがとう！』

『どういたしまして』

男はまたその言葉を言い微笑むと、それじゃあ、と会釈し立ち去ろうとした。

『名前！』

待ってくれ、と慌てて叫ぶ。

『え？』

あまりにも声が大きかったからか、驚いたように振り返った彼に、佐久間は更に大きな声で名乗っていた。

『俺、佐久間。佐久間行人《ゆきと》』

唐突に感じたのか、ぽかんと口を開け佐久間の顔を見つめていた男は、やがてふっと笑い、名乗ってくれた。

『僕は流田。流れるに田んぼの田。名前は達《いたる》。達すると書くんだ』

『流田達……』

聞いたばかりの名前を記憶に刻みつける。と、呼び捨てにしてしまったことに気づき、佐久間は慌てて、

『……君』

と続けたのだが、とってつけたようになってしまった。

『佐久間君。一緒に合格できるといいね』

流田がにっこり微笑み、佐久間に向かって右手を差し出してくる。

握手だ――その風習も、佐久間の周囲ではなかった。だが流田の仕草はスマートで、それ自体には違和感など微塵《みじん》もない。

なぜかそのとき、またも佐久間の頭に『天使』という単語が浮かんだ。

天使というと、外国の子供のイメージだったが、もしかしたら本物の天使はこんな、美青年なのかもしれない。

なぜ、そんな思考に陥ったのかと自分でも不思議に思いながらも、佐久間は出された流田の手を握り返し、必ず四月にこの大学の構内で会いたいと強く願ったのだった。

その後夢はかない、こうして友人にもなった。流田のようなタイプは今まで佐久間の周囲にはいなかったものの、違和感はそうなく、すぐに互いに打ち解けた。

流田は佐久間以外に、友人と呼べる人間が大学にはいないようだった。大学以外ではわからない。彼の家のお手伝いの清が、佐久間が初めて流田の家を訪れた際、『坊ちゃんがお友達を連れてくるのは何年ぶり』というようなことを言っていたので、中学や高校時代の同級生との付き合いも希薄であるのかもしれなかった。

とはいえ、流田が偏屈だとか、人嫌いだとかいう印象を佐久間は持ったことがなかった。誰とでもすぐ打ち解けるし、会話も楽しい。話術が巧みなのは頭の回転が速いからだろうと佐久間は見ていた。

ただ回転が速いだけではなく、物知りでもある。頭脳明晰《めいせき》、というのは流田のようなタイプをいうのだろう。

頭がいいだけではなく、スポーツ全般も得意のようで、体育の授業でとったテニスは、講師が目を丸くしていた。

ゴルフも得意で、一度打ちっぱなしに一緒にいったときには、あまりに綺麗に真《ま》っ直《す》ぐ、長い距離をとばすものだから、同行していた藤臣がその実力に惚《ほ》れ込み、是非ともサークルに入ってほしいと意気込んだものだった。

頭も良くスポーツもできる。加えて人当たりもよく話題も豊富である。そんな流田は誰とでもすぐ仲良くなったが、唯一、藤臣とだけは気が合わないようで、それがこのところの佐久間の悩みでもあった。

佐久間と藤臣は幼馴染である。家が近所である上、母親同士も仲がよかったので、佐久間の物心がつく前からよく二人して遊んでいた。

藤臣には年の離れた兄がおり、自分がいつも子供扱いされているのがどうやら不満だったらしく、佐久間に対してはそれこそ大人ぶり、実の弟のようによく面倒を見てくれた。

小学校高学年になったときに、佐久間はクラスの男子から、外見が女の子のようだとよくからかわれるようになった。

いじめというほどではなかったが、なにかというと『女男』と声高《こわだか》に騒がれる。

どうやらリーダー格のクラスメイトの好きな女子が、佐久間のことを『可愛《かわい》いから好き』と言ったのが耳に入ったためというのが真相だったようなのだが、日々、容姿をネタにからかわれることを佐久間は憂鬱《ゆううつ》に感じていた。

その状態にいち早く気づき、そのクラスメイトを脅して揶揄《やゆ》をやめさせたのが、一学年上の藤臣だった。

『どうして言わないんだよ』

佐久間自身は、憂鬱ではあったものの、そこまで悩んではいなかったため、そのうち飽きるだろうとあまり相手にしていなかったのだが、藤臣の目には重大問題に映ったようで、それ以来、より佐久間の世話を焼いてくれるようになった。

時折、うざったく感じることはあったものの、兄というよりは親のように、自身を気にかけてくれる藤臣には佐久間も感謝していた。

小学校、中学校は二人とも公立だったために、佐久間は藤臣のあとを追うようにして入学し、そのときどきに彼の世話になっていたのだが、高校は別のところになった。

敢《あ》えて避けたというわけではなく、単に藤臣が第一志望の都立高校に落ち、佐久間が受かったから、という理由なのだが、藤臣は佐久間の合格を喜びながらも少し残念そうな顔をしていた。

結局同じ大学に通うことになると、藤臣は三年分のブランクを取り戻そうとするかのような勢いで、また佐久間の世話を焼き始めたのだった。

もともとスポーツ万能だった藤臣は、その頃彼の父親が社内の付き合いで始めたゴルフにすっかりはまり、最初は体育会ゴルフ部に入った。が、初心者お断り的な部の雰囲気に反発し、自分でゴルフサークルを作り、仲間を集った。

佐久間に対してだけでなく——まあ、佐久間に対しては突出しているのも事実ではあったが——面倒見のいい藤臣は人望も厚く、仲間はすぐに集まり、一年後には結構大所帯のサークルになっていた。

佐久間が入学すると藤臣はすぐに自分のサークルに佐久間を誘ってきて、特に入りたい部のなかった佐久間は誘われるままにゴルフサークルに入った。

「サラリーマンになったら、ゴルフは必須だからさ」

きっと役に立つよ、というのが藤臣の誘い文句だったのだが、本人は将来のためというより、ゴルフにのめり込んでいるようだった。

流田と藤臣が顔を合わせたのは、入学して少し経《た》った頃であり、学食で佐久間と流田が共に昼食をとっていたところに、

「あ、行人」

と割り込んできたのだった。

座ってから流田の存在に気づいたらしく、佐久間と、そして彼に笑いかける。

「ここ、いい？」

「うん」

頷《うなず》き、佐久間は流田に藤臣を紹介しようと彼を見て、流田がいかにもむっとしている様子であることに驚いた。

「流田君、こちら、藤臣先輩」

当時はまだ、佐久間は流田を『君』づけで呼んでいた。

「先輩、同じクラスの流田君」

「よろしく。ねえ、君、ゴルフ、興味ない？」

藤臣はどちらかというと、人の顔色を見るのが苦手なタイプだった。それゆえ流田の不機嫌さに気づかなかったようである。

「ゴルフですか」

不機嫌ではあったが、佐久間が『先輩』と言ったために立てているのか、流田の返答はきちんとしていた。

「ああ、サークルやってるんだけど、一度遊びに来ない？　そうそう、午後から近所の練習場に打ちっ放しに行くんだ。行人も来るよな？」

「え？　まあ、午後は講義がないから行ってもいいけど」

ゴルフを始めたばかりで、佐久間もちょうど面白くなってきたところだった。今の今、誘われたばかりではあったが、暇だしまあ、行ってもいいかと頷き、どうせなら、と流田を誘った。

「流田君も行こうよ。ゴルフ、始めたばっかりなんだけど結構面白いよ」

「………」

流田は佐久間の誘いに、一瞬口を開きかけた。彼の表情から佐久間は、ああ、断られるなと予想したのだが、いったん口を閉ざしたあとに告げられた言葉は、

「わかった。行くよ」

という了解だった。

「そうと決まれば早速行こう」

了解しつつも流田はむっとした様子であったのに、藤臣はまったく気づいていないようだった。

車で来たから、という藤臣に、流田と佐久間、それに藤臣の友人の林《はやし》という二年生が同乗し、四人でゴルフ練習場へと向かった。

手袋を貸すという藤臣の親切な申し出を、流田が「結構です」と断ったあたりから、藤臣にも流田の機嫌が悪いことが伝わったようだった。

「なんだ、あいつ」

クラブの選び方を藤臣が指導しようとしたのを、あたかも聞こえなかったかのようにスルーし、自分で選び始めた流田を横目に、ぼそりと佐久間に囁《ささや》いてくる。

「……さあ？」

普段はああじゃないんだけれど、と思いつつも佐久間は、そのうちに流田の機嫌も直るだろうと、そのときには楽観的に考えていた。

やがて四人並んで打ち始めたのだが、流田がドライバーでいきなり『ナイスショット』としかいいようのないショットを見せたとき、藤臣は彼に感じていた不快感を忘れ、興奮した様子で流田に駆け寄っていった。

「上手《うま》いじゃないか！　もしかして相当、キャリア、長いんじゃない？」

「…………」

対する流田は、実に冷めていた。

「ええ、まあ」

「もう一度、打ってみてよ」

目を輝かせる藤臣を一瞥《いちべつ》したあと、流田は彼が自分から少し離れるのを待ってから、大きく振りかぶり綺麗なフォームで打ち込んだ。

「ナイスショット！」

先ほどのあたりがまぐれではないとわかる素晴らしいショットに、藤臣の口から歓声があがる。

「ねえ、君、流田君だっけ。ウチのサークルに入ってくれよ。皆の指導をしてほしいんだ。行人も流田君に習いたいだろ？」

不意に声をかけられ、佐久間は「俺？」と思わず藤臣に問い返していた。

「…………」

援護射撃だ、わかってんだろ、とばかりに藤臣が目配せをしてくる。

「あー、習いたい。うん。一緒にやろうよ」

単に藤臣に会わせただけではなく、佐久間自身も、流田のゴルフの腕前には興味津々であったし、上手い人に習いたいとも思っていた。それで誘ったのだが、心のどこかで佐久間は、きっと流田は引き受けてくれるのではないかと予想していた。

というのも、入学してからそのときまでの間に、佐久間にとっての流田の認識が『付き合いのいい奴』となっていたためである。

佐久間の誘いを、流田は滅多なことでは断らなかった。授業が終わったあと、お茶をしようと言えば笑顔で頷き、渋谷に買い物に行こうと誘えばすぐに乗ってくる。

なので誘えば、サークルにも入ってくれるに違いない。体育会の部活動なら躊躇《ためら》いもあるかもしれないが、それに比べてサークルはかなり気軽だ。

佐久間自身、藤臣に誘われるがまま気軽な気持ちで入っただけに、流田も同じように入ってくれるだろう。

そんな佐久間の読みは、次の瞬間、無惨にも打ち砕かれた。

「悪いけどゴルフに興味ないから」

「え?」

まさかの拒絶に、佐久間はその場で固まってしまった。

「興味ないって、そんなに上手いのに?」

言葉を失った佐久間の代わりに、藤臣が驚いたように目を見開き、流田に問いかけた。

「はい」

流田は淡々と答えると、

「それじゃ」

と軽く会釈をしその場を辞そうとする。

「ちょっと……っ」

帰るのか、とそのことにも驚き、佐久間は思わず手を伸ばして流田の上着の裾《すそ》を摑《つか》んでいた。

「ゴルフ、教えてほしいというのなら個人的に教えるよ」

それじゃあ、と流田は佐久間にだけ笑顔を向け、彼に持っていたクラブを渡すとそのまま立ち去っていったのだった。

佐久間ははっと我に返った。

「なんだよ、あれ」

姿が見えなくなったあと、藤臣が憤慨した声を上げたのに、佐久間ははっと我に返った。

「行人、お前の友達、感じ悪いな」

藤臣はあまり、人の悪口を言わない。もともとが単純、というより性善説をモットーとしているらしく、意見の対立があったような場合も、相手には相手なりの考えがあるのだろうから、と納得するタイプだった。

その藤臣が、こうもあからさまに嫌悪感を示すとは、と佐久間は内心驚きつつ、

「なんか、今日は調子悪かったみたい」

とフォローを入れたのだが、翌日学内で顔を合わせた流田から、憮然《ぶぜん》とした顔で、

「藤臣って人、感じ悪いな」

と言われ、こっちもか、と驚いたのだった。

「そうかな。悪い人じゃないんだけど」

ちょっとはうざいけど、とフォローを入れた佐久間に、流田は不機嫌な顔のまま、

「本当にうざいよな」

と言い捨てた。

「行人って呼ばれてるんだ」

「え？　あ、うん」

なんとも答えようがないなと思っているところに、予想外の言葉をかけられ、それがどうかしたか、と佐久間が頷く。

次の瞬間、もしかして流田も、自分を名前で呼びたいのかなと思いついた。親しくなると、自然と名字から名前呼びにかわるものである。

もしや流田はそれを気にしているのかなと思いついた佐久間は、

「名前で呼び合おうか？」

という提案を口にした。

「………」

流田にとっては、その提案は思いもかけなかったもののようで、一瞬声を失っていたが、すぐに、

「いや、いい」

と断ってきた。

「え？」

またも意外だったため、佐久間が流田に問い返す。

「……佐久間という呼び方、気に入っているから」

「そう？　ならいいけど……」

答えながら佐久間もまた、流田を名前で呼ぶことに、なんともいえない違和感を覚える自

分を感じていた。

「別にお前は『達』と呼んでくれてもかまわないけど」

流田が佐久間の心を読んだようなことを言い、くすりと笑う。

「……なんか変だからやめとく」

佐久間は流田と随分打ち解けたつもりではいた。だが、名前で呼ぶのは少し違う気がした。何が違うのかは、自分でもよくわからない。無意識ではあったが、佐久間は流田と藤臣の付き合いには、何かしらの差をつけるべきなのだろうなと察したのだった。

藤臣も、そして流田も、どちらも『難しい』といったタイプの性格ではないと思う。なのに互いのことになると、なぜか二人して頑《かたく》なになった。

相性が悪い、気が合わない、そういうことなのだろうと納得はしたものの、たった一度会っただけで、自分とは合わないと互いに思うというのはどうなのだ、と佐久間は思わないでもなく、それでそれぞれに対し、相手がどれだけナイスガイかということを積極的に説明もしたのだが、逆効果とわかってからは、どちらにも相手の話題を出すのをやめた。

藤臣はあまり流田のことを気にはしていなかったが、流田は佐久間が藤臣と行動を共にしたことがわかると、あからさまに不機嫌になった。

「底の浅い男だよな」

「そうかな」

なぜそうも感情的になるのだろう、と疑問を覚えつつ、長年世話になってきた藤臣を悪く言う流田の言葉には賛同できずに、否定の言葉を口にする。

「兄貴風を吹かせるのが楽しくて堪《たま》らない。ミエミエだよな。本当に底が浅い」

暗に話を打ち切ったというのに、流田はしつこく話題を引っ張った。

「兄貴風……まあ、ときどきうざいことはあるけど、本人、悪気はないんだ」

ここで佐久間は流田に、昔自分が女の子めいた容姿をからかわれたことがあり、それを藤臣に庇《かば》ってもらった、という話をした。

「それ以来、なんていうか、先輩は俺を守らないといけないと思っているみたいで、それでいろいろ口を出してくるけど、まあ、悪い人じゃないんだよ。見ればわかるだろうけど、単純っていうか、考えなしっていうか、うん、ほんと、悪い人じゃないんだ」

その一言に尽きる、と佐久間が告げると、流田は少しの間黙り込んだあと、佐久間にとっては思いもかけないことを言い出し、彼を唖然《あぜん》とさせた。

「藤臣、お前に気があるんじゃない？」

「ええっ？」

驚愕《きょうがく》が大きかったために大声を上げただけだったのだが、それが流田の目には大仰《おおぎょう》に映ったようで、ますます彼の、『よくわからない』としかいいようのない疑いは強まったようだった。

「気にはなっていたんだ。やたらと佐久間の身体《からだ》に触れたがるし、それに何より、自分の支配下に置きたがる」

「いや、別に触ってもこないし、支配下とかは考えたこともないと思うけど」

何より自分が考えたこともない、と佐久間が言うと、流田は憮然とした顔をし、黙り込んでしまった。

「それに先輩、彼女いるし」

『気がある』とは、すなわち、ゲイ扱いしたということかと佐久間は思い、違うと否定したのだが、それに対する流田のリアクションも佐久間の理解を超えるものだった。

「偽装かもしれない」

「いや、偽装じゃないよ。高校の同級生で恭子《きょうこ》さんっていうんだ。このままいくと多分、結婚するよ」

佐久間の言葉は嘘ではなかった。藤臣は高校一年のときに同じクラスになった早川《はやかわ》恭子という名の同級生に恋をし、全力でぶつかっていった結果、彼女のハートを射止めた。

恭子もまた同じ大学に進学したかったようだが、不幸なことに試験に受からず、滑り止めの女子大に通っている。

通う大学こそ違えど、恭子は今、藤臣主宰のサークルでマネージャーを務めていた。おそらく藤臣が体育会ゴルフ部に入らずサークルを立ち上げたのも、彼女と一緒の時間を大切にしたかったためもあるのだろうと察することができていた佐久間にとっては、流田の言う『偽装』がまるでリアリティのない単語に感じられたのだった。

「ラブラブだよ。サークルに来ればわかると思うけれど」

「ふうん」

佐久間の言葉に対し、流田はいかにも気のない様子で返事を返してきたが、彼の横顔には『安堵』としかいいようのない表情が浮かんでいた。

その顔を見た瞬間、佐久間の心にある疑いが生じたのだった。

流田はもしかして、自分のことが好きなのだろうか――？

最初にその考えに至ったとき、佐久間は、まさか、と一笑に付した。だが指摘が度重なるにつれその考えは確信となり、佐久間を悩ましい思いへと追い立てていたのだった。

「だとしても、気に入らないけどね」

流田がぶすっとしたまま言い捨て、話題を打ち切る。

結局流田はゴルフのサークルには入らなかった。なぜ流田がそうも藤臣を嫌うのか、佐久間にはさっぱりわからない。

二人が会話らしい会話を交わしたのは、初対面の一回きりだった。その際、藤臣は少々馴れ馴れしかったかもしれないが、感じは悪くなかったと思う。

長年付き合っているから、お仕着せがましい藤臣の性格やら口調やらに自分が慣れているだけなのかもしれないが、もっと癖のある同級生とも流田は上手くやっていた。なのになぜ、という思いはあるが、自分にも気の合わない相手はいくらでもいるので、流田もそうなのだろう――藤臣とは単に気が合わないのだろうと自分を納得させた。

が、ここにきて佐久間は、その『気が合わない』理由がもしや、自分にあるのではと思うようになってきた。

嫉妬《しっと》。

もしや流田は藤臣に嫉妬していたのではないか。

その可能性に思い当たったときに佐久間は、まさか、とやはり一笑に付した。

だがその思いはしこりのように佐久間の胸に宿り、消えてはいかなかった。

幼馴染だから、当然ながら藤臣は馴れ馴れしく自分に接する。それを『馴れ馴れしい』と感じる感覚はなかったのだが、流田の目にはそう映っていたのだろうと軽く推察できた。

でも。

いや、だから。

だがそうだとして、自分はどうすればいいのか――その答えは、未《いま》だ佐久間の中では、出てはいなかった。

疑いを胸に抱きながらも、佐久間と流田の付き合いは変わらなかった。

流田側が変わらないのは、おそらく、佐久間が『気づいて』いることに、それこそ気づいていなかったからだろうが、佐久間のほうではまた別の意図があった。

流田との友情を継続したかった。その思いが勿論《もちろん》一番強かったのだが、それ以外にも理由があった。

佐久間自身、意識してのことではなかったが、心のどこかで彼は今の状況を楽しんでいた。『楽しむ』という表現が果たして合っているかはわからない。心情的には、ふざけているつもりはなかった。だが、状況的に見ると自分が今の流田との関係を『楽しんでいる』としか思えない行動をとっていると、佐久間は意識せざるを得なかった。

きっかけはなんだったのか、定かではない。だが、もしや流田は自分に気があるのでは、という疑いを持ち始めたあたりで、一度佐久間は彼の目をじっと覗《のぞ》き込んでみたことがあった。

「…………」

視線を受け、流田が一瞬、声を失う。彼の目が泳ぐのを見た瞬間、佐久間の胸になんともいえない思いが立ち上った。

喜怒哀楽、どれにも当てはまらない感情だった。強いて言えば『やっぱり』という感じだろうか。

自分の予想は正しかった、それが証明されたのは嬉しかったが、だからどう、という気持ちにはならなかった。

だが、果たして本当に『証明』されたのだろうか。単なる思い込みかもしれない。

そう思うとまた、確認したいという衝動を抑えきれなくなった。それで佐久間はわざと、流田をじっと見つめたり、彼の身体にわざと自身の身体を密着させてみたりした。

流田はなかなかしっぽを出さなかった。見つめても見つめ返してきて、にっこり、と笑いかけてくる。身体を密着させても「なんだよ」と押し戻してくる。だが押し戻されるその掌《てのひら》に佐久間は、流田が隠そうとしても隠しきれずにいる熱を感じていた。

流田はゲイなのだろうか。それを考えると佐久間は、眠れなくなった。

さりげなく、初恋の話題やら、高校時代に付き合った女子の話題を振ったこともあった。

「別に。話すようなことじゃないよ」

流田は常に苦笑で応《こた》えた。それでも聞きたいと言うと、

「初恋は幼稚園のときかなあ。受け持ちの先生にだった」

と、つまらないとしかいいようのない話をし始めるのだった。

「それじゃあ、高校のときに付き合ってた女の子は？」

敢えて『女の子』と特定する。その問いを発するとき、佐久間は流田の目をじっと見つめ、彼のリアクションの一挙一動を見逃すまいとした。

「忘れた。高校生活はあまり充実してなかったもんで」

流田が苦笑し、肩を竦《すく》める。彼の目線が真っ直ぐに注がれていることに自分がぞくぞくしていると佐久間は認めざるを得なかった。

その『ぞくぞく』を体感したくて、佐久間は何度も流田にその種の話題を振った。が、流田は次第に慣れてきたのか、ごくごく当たり前のリアクションを返すようになってきた。

「そういう佐久間こそどうなんだよ。高校のときに付き合ってた子は？　いるの？　中学は？」

自身の答えは誤魔化し、逆に佐久間に同じ問いを振ってくる。

「まあ、ぼちぼち」

佐久間は実際、高校時代に付き合っていた同級生と下級生がいた。どちらも告白され、付き合い始めたのだが、ふた月ももたないうちになんとなく関係が消滅するというパターンだった。

二人とも、キスは勿論したし、それ以上の行為にも進んだ。二、三度関係を結ぶと必ず向こうから疎遠になる。もしや行為に満足がいかなかったからか、と二人目のときに——高校一年生だというのに彼女は既に『経験済み』だった——佐久間はふとその可能性に気づいたが、確かめることはさすがにできなかった。

そのせいで、というわけでもないが、その後は女子と付き合うことに臆病《おくびょう》になり、好きだと告白されても礼を言うだけで新しい関係を築くことを躊躇《ためら》った。

それを正直に告げることは、佐久間にとってはあまり面白いことではなかった。苦い過去、としかいいようのない思い出ゆえ、流田が詳細を聞いてきても、

「たいした話じゃないよ」

と言うに留《とど》めていたが、もしや流田も自分と同じような過去なのかもしれないとそこで気づいた。

しかし客観的に見ると、見た目もよければ中身も優れており、その上運動神経も発達していて、しかも金持ちであるという流田が、すべてにおいて平々凡々、どころか、人より劣る部分も多々ある自分と同じような情けない女性遍歴のわけがないか、とも思え、佐久間はしつこく流田の過去をほじくろうとし、そのたびに誤魔化される、ということを繰り返していた。

いっそのこと『男と付き合ったことは』と聞くのはどうか、と思ったこともあった。ゲイだと言われれば、そんなふうに見えないこともない。ゲイなら女性と付き合ったこと

などないだろう。

今までの人生で、周囲にゲイがいなかったため、どのように接していいのか、今一つわからないところはあったが、恋愛対象が男であることに対し、差別のような感覚は自分の中にはないな、と佐久間は自身の胸に問いかけ、その答えを得た。

だが、もしも流田の『恋愛対象』が自分だとしたら——?

差別はしなくても受け入れることはできるだろうか。

その問いも佐久間は自身の胸に問いかけたが、答えはさっぱり見えてこなかった。

嫌悪感はあるか? ない。

では嬉しいと思うか? わからない。

それ以上、思考はどう試してみても先に進んでくれない。

そのうちに佐久間は、流田の気持ちを知りたくてたまらなくなってきた。

実際はどうなのか。彼はゲイなのか。そして自分を好きなのか。その答えがほしい。

いっそのこと、聞いてしまおうか。何度もそう思いはしたが、よし、聞こうと決意しても、実際問いかけようとすると、やはり躊躇《ちゅうちょ》してしまうのだった。

イエスの答えが返ってきたら、というより、ノーの答えのほうを恐れている自分に気づいたとき、佐久間は愕然とし、それ以上この件は考えまいと己の思考に蓋《ふた》をした。

夏を経て、秋を経て、十一月も早、十日以上すぎていた。

十一月十一日、一並びの日か、と思いながら佐久間はいつものように流田宅を訪れ、清も誰も出てこない中、応接間へと進んだ。

応接間にも人の気配はなく、この状態で家に鍵をかけないのは不用心では、と呆《あき》れて無人の室内をぐるりと見渡す。

金目のものは家の中には何もない。盗まれて困るようなもの——たとえば土地の権利書などの——は別居中の父が持っていったとのことだった。

だからといって、壁に飾ってある絵画や花瓶や彫刻、漆器なども価値のあるものではないのかと佐久間の目には映っていたのだが流田自身、それらに価値の欠片《かけら》も見出《みいだ》していないらしく、変な話、誰かが——それこそ佐久間が持ち出したとしても、気づく可能性は低そうだった。

まあ、そんなことはしないけれどと思いつつ、どさりと一旦《いったん》はソファに腰を下ろした佐久間だったが——このソファも、父が気に入ったイタリアのデザイナーのもので、購入価格は一千万以上だと世間話のついでに聞かされ、佐久間は仰天したものだった——もしや寝室では、と思いつき、よいしょ、と声を上げ立ち上がった。

階段を上がり、突き当たりにある流田の寝室を目指す。流田と、住み込みの清、二人暮らしであるのに、流田家の部屋数は十を超えていた。

殆《ほとん》どの部屋は使っておらず、二階は流田が寝室にしている部屋以外は施錠されているということだった。

実際、確かめたことはないけれど、と思いながら佐久間は何度か訪れたことのある流田の寝室を目指した。

「入るよ」

一応ノックはし、ドアを開く。予想どおり流田はベッドで寝ており、佐久間が入室しても起きる気配がなかった。

「おい、不用心だろ」

ベッドに腰を下ろし、流田の鼻を摘《つま》む。

「ん……」

それでようやく目を覚ましたらしい流田は、薄く目を開き佐久間を見た。

ああ、眠い、と大欠伸《おおあくび》をし、起き上がる彼を佐久間は呆れて見やった。

「来てたんだ？」

「玄関、鍵かかってなかったぞ」

「そう？　ああ、清さんが出かける前は、居間にいたからな」

伸びをしながら流田はそう言うと、

「清さん、買い物とかじゃないんだ？」

と問いかけた佐久間に、眠そうな顔のまま微笑んでみせた。

「孫が急に熱を出したとかで、慌ててでかけていったよ。息子からSOSが入ったんだってさ。息子の奥さんも風邪で寝込んでいるらしい」

「清さん、子供がいたんだ!」

佐久間が驚いた声を上げたのは、なんとなく清は独身で流田家に生涯仕えているというイメージがあったためだった。

名前が同じだからか、漱石《そうせき》の『坊ちゃん』をなぞっていたものと思われる。それを察したらしい流田が、

「『だから清の墓は……』ええと、どこだっけ、小石川?」

にあるんだったか、と笑い、よいしょ、と起き上がった。

「小石川じゃない気がするなあ」

「そういうわけで清さんは数日戻らない。なので僕がおもてなしをするよ。ビールでも飲むか?」

ベッドを下り、ドアへと向かいながら流田が佐久間を振り返る。

「清さんの息子さんってどこに住んでるの?」

「九州。福岡だったっけな。長崎だったたか。もしかして熊本かも」

四国かもしれない、と心許《こころもと》ないとしかいいようのないことを言い、流田は部屋を出ていく。

そのあとを佐久間は追いながら、ということはこれから数日、流田は一人でこの家で過ごす

のか、と心の中で呟《つぶや》いていた。

未成年ではあったが、流田の家で佐久間は、彼に勧められるがまま、酒を飲んだ。飲酒自体は既に高校生の頃に体験している。文化祭や体育祭などのイベントのあとには飲酒がつきものだった。

その頃から佐久間は、自分がそう酒に強くないという自覚を持っていた。佐久間は実家から大学に通っていたが、両親は息子の外泊に目くじらを立てるようなタイプではなかったため、流田の家で酔っ払ってそのまま寝てしまい、結果泊まるようなことになっても少しの心配もしなかった。

今日もまた、泊まることになるのかな。そう思いながら佐久間は流田が冷蔵庫から出してきた銀色のビール缶を手に取り、プルトップを上げた。流田もまた眠そうな顔のままプルトップを上げ、缶を差し出してくる。

「乾杯」

「何に？」

乾杯するようなネタはない。そう問いかけると流田は暫し考える素振りをしたあと、

「今日、一並びの日だから」

と、少し前に佐久間が考えたのと同じことを言い、にっこりと笑ってみせた。

「一月一日が元日、三月三日がひな祭り、五月五日が端午の節句、七月七日が七夕、九月九

日が重陽《ちょうよう》の節句……となると、十一月十一日も何かの節句なのかな？」

ビールを飲みながら流田が首を傾《かし》げる。

「重陽の節句ってなに？」

聞いたことがない、と問いかけた佐久間に流田は、

「あー、なんだっけ。雨月物語？　受験でやったような」

と自信なさげなことを言い、肩を竦めた。

「検索しようよ。なんの節句か」

「めんどくさい」

パソコンは流田の寝室にある。そこまで行くのが面倒くさい、と言う流田の気持ちは痛いほどにわかったため、佐久間は「別にどうでもいいか」と告げ、ビールを一気に呷《あお》った。

それからどうということのない話をし、ビールを飲んだ。二缶目、三缶目と進むにつれ、流田の目は冴《さ》えてきたようだが、逆に佐久間は眠くて仕方がなくなってきた。

「起きてるかあ？」

何度か流田に肩を揺さぶられた記憶はある。

「起きてるよ」

そのたびにそう答えてきたが、何度目かからは、眠気が勝り声が出なくなってきた。

「佐久間ぁ」

流田が名を呼ぶ声が耳に届く。目を閉じているから彼がどんな顔をしているのかわからない。そう思った次の瞬間、唇に生暖かな感触を得て、佐久間は驚いて目を開いた。

「…………あ…………」

焦点が合わないほど近くに流田の顔があった。彼の唇が唾液《だえき》に濡《ぬ》れ、光って見える。それに気づいたと同時に、佐久間は彼に問いかけていた。

「お前……俺のこと、好きなの？」

「…………」

その瞬間、流田の目が大きく見開かれた。驚愕としかいいようのない表情に佐久間は、もしや自分は触れてはならない領域に足を踏み入れたのではないかという思いに囚《とら》われ、この先どうしたらいいのだろうと言葉を失ってしまった。

沈黙のときが流れる。

壁掛けの時計の、カチカチという秒針の音が響き渡る中、先に口を開いたのは流田だった。

「好きだ」

「…………」

ぽつり、と呟くように告げられた言葉に、佐久間は少しのリアリティをも感じることができなかった。

「嘘だろ」

それゆえそう告げた佐久間に、流田が苦笑してみせる。

「嘘じゃないよ」

「お前、ゲイなの？」

問いたくてたまらなかったことを、あっさり聞けている自分に、内心佐久間は驚いていた。

「どうだろう？」

流田が誤魔化す感じではなく、首を傾げる。

「男が好きとか女が好きとか、考えたことはない。でも、初めて会ったときから、佐久間は特別だと思ってた」

「初めて？　受験の日？」

意外な流田の言葉に、確認、とばかりに佐久間が問いかける。

「ああ。お前が僕に消しゴムを借りて『ありがとう』と言ったそのときから、多分……好きだったんだと思うよ」

流田の告白は、あまりに淡々としていた。

普通、恋の告白というのは、もう少し逡巡《しゅんじゅん》やら躊躇やらがあるんじゃないかと思う。

それがまったくないのは何故《なぜ》なのだ、と佐久間は流田をまじまじと見やった。

「ゲイじゃないけど……お前のことは好きだ」

流田が少し照れたように笑い、佐久間の目をじっと見つめてくる。

告白には何か、答えが必要なのではないかと、佐久間はつい身構えた。

なんと答えればいいのだろう。用意すべき答えは次の二つである。

『俺もお前が好きだ』

『悪いが男を恋愛対象としては見ていない。友達として付き合っていこう』

どちらにしようと考えている時点で、本来であれば選択肢は三つあるのだということに、佐久間は早くも気づいていた。

『気持ち悪い。俺はゲイじゃない』

そう答えようという気持ちには、まったくならなかった。

自分がゲイかどうか、定める自信はまるでない。

流田以外の同性に惹《ひ》かれた過去はないから、多分ゲイではないと思うのだが、流田に惹かれる気持ちがあることは事実ゆえ、そうと言い切ることはできずにいた。

初対面のときから、流田は自分に惹かれていた。

自分は？　天使様と思った瞬間、彼に惹かれたのではないのか。

「断りもなくキスしたことは謝る。でも、もう、限界なんだ。もしもキスされたくないのなら、もう家に来ないでほしい」

「え？」

ここでまた佐久間は、思いもかけないことを言われてその場で固まってしまった。

「…………」

友達のまま、付き合い続けていくという選択肢はないんだな、というのが、正直なところだった。

もしかして流田も相当、追い詰められているのかもしれない。そう思いながらじっと見つめていると、流田が覆《かぶ》い被さり、再び唇を塞《ふさ》いできた。

「……気持ち、悪い？」

唇が離れたと同時に、問いかけてきた流田の声は掠《かす》れていた。

「…………」

自信なさげに己を見返す流田を見ていられなくなった。その思いは勿論ある。だが佐久間の口から出た答えは、自分でも思いもかけないものだった。

「別に……悪くない」

正直なところ、キスされた驚愕はあったが嫌悪感はまったくなかった。それでそう答えたのだが、淡々と答えすぎたせいか、流田は佐久間が自身の問いを、物理的なものだと――『飲み過ぎて気持ち悪くないか？』とでもとらえ、『気持ちは悪くない』と勘違いして答えたのかと思ったようだった。

「それはよかった」

苦笑するように笑った流田が身体を起こす。

あとから佐久間は、自分がなぜそんな行動を起こしたのか、首を傾げることになるのだが、そのときは何も考えず、両手を伸ばし流田の背を抱き締めていた。

「佐久間？」

流田が戸惑った声を上げ、佐久間を見下ろしてくる。

「お前、意味、わかってる？」

「わからない」

答えると流田は苦笑し「だよな」と笑ってきた。

「セックスしたいと思うくらい、好きってことなんだよ？」

「……セックス……」

それは考えたことがなかった、と佐久間が返事に詰まる。

「やっぱり、引くよな」

流田が苦笑し、強引に身体を起こそうとする。摑まるべき背中がなくなる寂しさからつい腕に力を込め、流田の動きを制してしまった自分に愕然としつつ、佐久間は流田を見上げた。

「セックス……か……」

言葉をもう一度発音してみれば、リアリティが湧《わ》くかなという思いから、佐久間はそう呟いてみた。

戸惑っているのだろう、流田がじっと自分を見下ろしているのがわかる。

「……男とセックス、したことある？」

いたたまれなさが佐久間に、そんな問いを発せさせていた。流田が少し驚いたように目を見開いたあと、首を横に振ってみせる。

「いや……ない」

「できるの？」

またも佐久間は自分でも、なぜそれを聞くか、という問いかけをした。流田が再度驚きに目を見開く。

「……どうだろう。一応、やり方とかは調べたけど」

「調べたんだ」

聞いてから佐久間は、自分も初めてセックスする前には本やネットを参考にしたかと思い出した。

「一応ね」

流田が苦笑しながら、自身の背に回る佐久間の腕を解こうとする。

「する可能性は限りなくゼロに近いとはわかっていたけど、なんていうか……もしものときに備えて？」

くす、と笑ったと同時に手首を摑まれ、びく、と佐久間は身体を震わせてしまった。また、流田が苦笑し、

「何もしないよ」

と佐久間の手を身体の横へと落とす。

「どうやるの？」

そのままソファから降りようとする流田のシャツの裾を、佐久間は摑みながら身体を起こした。

「…………」

流田が佐久間を無言で振り返る。

「…………」

佐久間もまた無言で流田を見返し、二人見つめあったまま、暫しのときが流れた。

「……怒ってるんだ？」

沈黙を破ったのは流田だった。はあ、と溜め息をつきながらそう言い、佐久間の手を摑んでシャツからはずさせようとする。

「え？」

なぜ、そういう理解を、と疑問を覚えながらも佐久間は流田の手を振り払い、再度彼のシャツを摑んだ。

「責めてるんだろ？」

流田が佐久間から目を逸《そ》らし、ぼそりと告げる。

「そんなつもりはないけど」

またも思いもかけないことを言われ、佐久間は即答したあと、なぜそう感じたのかを流田に問うてみた。

「どうして責めてるなんて思ったの？」

「……責めてるんじゃないなら……じゃあ、どういうつもりで『どうやるの』なんて聞いてきたんだ？」

問いかけたのは佐久間のほうなのに、流田は答えることなく彼から問いかけてくる。

「それは……」

確固たる意図があるわけではなかった。ただ、やり方を知りたかった。そう答えようとした佐久間は、果たして本当に自分には『意図』がなかったかと自身の心を振り返った。

意図はあった——と思う。諦《あきら》めようとしている流田を引き留めたかった。ではなぜ引き留めたいのか。その理由は一つしかない、と察したと同時に佐久間はそれを口にしていた。

「……やってみてもいいかなと思ったからかな」

「………」

流田が言葉を失い黙り込む。ごくり、と彼が唾を飲み込む音がしんとした室内に響き渡った。

「意味、わかって言ってる？」

口を開いた流田の声は酷く掠れていた。

「多分」

酔っ払っているのかな、と思わないでもないものの、自分が何を言っているのか、そのくらいのことはしっかり把握している自信があった。それゆえ頷いた佐久間を流田がじっと見つめる。

「僕とセックスするか？」

更に掠れた声で流田が問いかけてくる。

頷けば、もう引き返せないところに足を踏み入れることとなる。本当にいいのか、と逡巡したのは一瞬だった。

「うん」

自分でもどうしてこんなに、と思うほどにきっぱりと答え、大きく頷いてみせる。それを見た流田はなんともいえない——強いていえば『感極まった』という表情になると、自分のシャツの裾を摑む佐久間の手をぎゅっと握り締めてきた。

「夢かな。それとも正体なくなるほど酔ってるのかな」

流田が佐久間の腕を引いて立ち上がらせ、手を繫《つな》いだままドアへと向かう。流田同様、佐久間も自分が相当酔っているとしか思えないでいた。

ふらつく足下がそれを物語っている。感覚としては、ふわふわと、まるで雲の上を歩いているような状態だった。

身体はそうでも、思考力はしっかりある、そこに佐久間は敢えて目を瞑《つぶ》っていた。流田と手を繋ぎ、彼に導かれるまま階段を上って寝室へと向かう。

さっき入ったばかりのその部屋――今までに何度も訪れたことのあるその部屋が、今までにない意味を持つ部屋になるんだな。

部屋に入り、背中でドアが閉まった瞬間、佐久間の頭にその考えが浮かんだ。

「……佐久間……」

流田が少し困った顔で佐久間を見下ろしてくる。

引き返すなら今しかない。

何も言われずとも彼の考えは佐久間に伝わってきた。

「………」

佐久間は流田の顔から、彼に握られた自身の手へと視線を向け、また、流田の顔へと戻す。

酔っていると本人は言っていたが、少しもその気配が感じられない、思い詰めた顔だった。

改めて見ると整い方が半端ない。初対面で『天使』とか『神様』と感じたのも納得の整い方だと、いつしかまじまじと見つめてしまっていた佐久間の視線がいたたまれなく感じられたのか、流田がふい、と目を逸らした。

途端になんともいえない寂しさが胸に芽生え、握られていないほうの手でシャツの胸のあたりを握り締める。

自分は流田を好きなのか。尚も彼を見つめながら佐久間はそれを考えた。

嫌いではない。友人としては勿論好きだ。

恋愛の対象として考えたことはなかったから、なり得るか否かの答えはまだ出ていない。

だが、なり得ないのであったら、答えは即座に出るはずだった。

拒絶の気持ちがない。即《すなわ》ち、受諾している。そう思っていいんだろう、と佐久間は自分の気持ちに決着をつけると、ぎゅっと流田の手を握った。

「……好き……だ」

佐久間の手の中で流田の手が強張《こわば》ったのがわかった。彼の口から零《こぼ》れ落ちるようにしてその言葉が告げられる。

「……うん……」

どきり、と胸の鼓動が高鳴る。擬似恋愛という単語が佐久間の頭にふと浮かんだ。

擬似かどうかはわからない。だが、今現在、流田に身を任せてもいいと考えているのは、はっきりした自分の意思だった。

その思いを込めてまた流田の手を握ると、今度流田は佐久間の手を握り返してきた。

手を繋いだままベッドへと向かい、その前で向かい合う。

「脱ごうか」

流田が手を離し、そう告げたとき、温かな掌を失ったことに、寂寥《せきりょう》感を佐久間は覚えた。擬似だろうがなんだろうが、やはり自分は流田が好きなんだな、という確信が芽生えた瞬間だった。

セックスの際、服はどうやって脱いでいたか。脱衣を始めた流田の横で服を脱ぎながら、佐久間はぼんやりとそんなことを考えていた。

女の子の服は脱がすものだという、ネットや本で得た知識から脱がしていたような気もする。だが男同士だし、脱がし合うというのも変か、と思い、黙々と服を脱いだ。

下着を脱ごうとしたとき、佐久間は流田はもう脱いだのかなと彼を見た。

「……脱いでない」

佐久間の口からその言葉がつい漏れる。グレイのボクサーパンツをまだ流田は脱いでいなかった。前が随分と盛り上がっている。あの下に勃起《ぼっき》した雄があるのか、と思わず凝視してしまっていた佐久間は、今更のように、ああ、彼とセックスするんだなという実感を得た。

「ちょっと待ってて」

佐久間の視線に耐えられなくなったのか、流田がぼそぼそとそう告げ、部屋を出ていく。

「…………」

手持ち無沙汰《ぶさた》だなと一人部屋に残された佐久間は呆然としてしまった。ここにきて流田はやる気を失ったのか。勇気が挫《くじ》けたとか？

今更挫けられても、と溜め息を漏らしたそのとき、ドアが開き流田が戻ってきた。

「………」

彼の手に握られたものを見て、佐久間は首を傾げた。それを取りにいったのか、と目で問う。流田の手には彼がキッチンに取りにいったと思《おぼ》しきオリーブオイルの瓶が握られていた。

「……ええと……何か、潤滑油がいるから……」

流田は俯《うつむ》いたままそう言うと、潤滑油、という聞き覚えのない単語に更に首を傾げた佐久間の前で、ぼそぼそと説明を続ける。

「挿入のときローションとか、使うんだけど、さすがに準備してないから」

「……ああ……」

そういうことか、と納得したと同時に、オリーブオイルを使われるのは自分か、と気づき佐久間は愕然とした。

「……怖くなったか？」

声を失った佐久間を見て、流田が心配そうに問いかけてくる。

「少し……でも、大丈夫」

なんの根拠もなかったが、『怖くなった』というと『それじゃあやめよう』となりそうで、佐久間は我ながら焦っていると思いつつも、慌てて言葉を足した。

しかし、なぜ自分が中断を望んでいないのか、その理由はよくわからなかった。そこまでして『したい』のかと、首を傾げた佐久間に、流田が尚も心配そうに問いかけてくる。

「引いた？」

「……うーん、どうだろう」

またも頷くことを躊躇ったのは、やはり『やめよう』と言われるのを避けるためだった。

そうまでして自分は流田とセックスしたいんだろうか。自身の心に問いかけても答えは出ない。

一旦心を決めたからだろう、と無理矢理、理由づけると佐久間は、

「取りあえず、どうしよう？」

と流田に問いかけた。

「……ベッドに……」

寝て、と言われたので言われたとおり、ベッドにあがり横たわる。と、流田がオリーブオイルをベッドの宮台に置き、佐久間に覆い被さってきた。

そしてキス——キスしたその日に、ベッドインするってわけか、と唇が触れたときに佐久間は改めてそのことに気づいた。

だから、何、ということはない。こうなることを望んでいたかと問われたら、否、と答えただろうが、それならやめるか、と問われたとしたら——誰が問うかという話だが——やはり『否』と答えるに違いなかった。

流田の所作は、どこか手慣れていた。キスをしながら手を佐久間の胸に這《は》わせてくる。掌で乳首を擦《こす》り上げられたとき、ぞわ、という感覚が腰のあたりから這い上ってきて、男でも胸は感じるものなんだなと、佐久間は変なことに感心した。

流田の唇が外れ、首筋を下っていったかと思うと、擦られたせいで勃《た》ち上がっていた乳首へと辿《たど》り着く。舌先で転がされ、軽く嚙《か》まれたそのとき、頭の中で、チカ、と閃光《せんこう》が走り、身体がびく、と大きく震えた。

感じている。そう自覚するしかない瞬間だった。受験があったので、佐久間が最後にセックスしたのは一年半以上前になる。今まで、その気になればカウントできるような回数しか経験はないものの、それまでの行為では達する瞬間しか快感を得たことはなかった。

自分が女の子のように、乳首を弄《いじ》られ、舐《ねぶ》られて感じている。新鮮すぎる、と佐久間は薄く目を開き、自分の胸に顔を埋《うず》める流田をじっと見やった。

頭頂部しかよく見えない。が、彼が顔を動かすときに時折見える表情は、なんだか必死っぽかった。

自分を感じさせようとしているのかと思うと、なんともいえない思いが溢れてくると同時に、下半身に一気に血液が流れ込み、佐久間は自分が勃起しつつあることに気づかざるを得なくなった。

「ん……っ……」

勃起にも戸惑いを覚えたが、もう一つ、佐久間を戸惑わせることがあった。流田の愛撫《あいぶ》を受けるうちに、自分の口から、まるで女の子のような声が漏れるのを、堪《こら》えきれなくなってきたことである。

「ん……っ……んん……っ」

自分の声だというのに、あまりに淫《みだ》ら、かつ物欲しげであることが、佐久間に羞恥《しゅうち》を与えていた。それゆえ堪えようとすればするほど、声は唇から漏れてしまう。堪らず両手で口を塞ぐと流田がちらと目を上げ、佐久間を凝視してきた。

「やだ……っ」

見ないでくれ、と目まで閉じた佐久間だったが、視界をシャットアウトすると、より感覚が鋭敏になった。乳首を舐りながら流田が雄を摑み、先端のくびれを指先で擦り上げてくる。

「やぁ……っ」

背が大きく仰《の》け反《ぞ》り、唇から堪えきれない声が漏れてしまった。恥ずかしい、と口を押さえる手に力を込める。

「声、聞かせてよ」

流田の声が佐久間の耳に届いた。乳首にすうっと風を感じる。流田が乳首を舐るのをやめたためだと佐久間は察した。

「やだ……っ……あっ……あっ……あぁ……っ」

声を聞きたい、その言葉が更に佐久間の欲情を煽《あお》り立てていた。堪えようとしても声は次次と漏れ、その声にますます欲情を煽られていく。

いつしか高く声を上げてしまっていた佐久間だったが、雄を弄っていた流田の手が後ろへと回り、蕾《つぼみ》を突いてきたとき、ふと素に戻ってしまい、目を開いた。

「挿《い》れたい……いいよね？」

流田が佐久間の視線を受け止め、そう問いかけてくる。

「…………」

よくわからない。それが正直なところだった。

だが、拒絶する気持ちにはなれない。それゆえ佐久間はまたぎゅっと目を閉じ、するならしろ、と身体から力を抜いた。

「苦痛は与えないようにするから……」

耳元で流田が告げる声が佐久間の耳に届き、彼が身体を起こした気配が伝わってきたと同時に、両脚を抱え上げられていた。

後孔を晒《さら》されたことがわかり、羞恥から身を捩《よじ》った佐久間だったが、そこに、たら、と何か液体が垂らされてきたのに、びく、と身体を震わせた。

よくわからない感覚だった。生暖かいその液体が注がれた部分に、滑りを利用しつつ流田の指が挿入される。

思いの外、つる、と指は後ろに挿入された。中を確かめるように蠢《うごめ》く指の感触は、心地よいといえるものではなかったが、その指がある部分に触れたとき、自身の身体が思わぬ反応を見せたことに、佐久間は戸惑いを覚えた。

「あ……っ」

そこに触れられたときに、身体がふわ、と浮くような、今まで得たことのない感覚に襲われ、戸惑いからまた佐久間は目を開いた。

「前立腺って……ここ、なのかな?」

流田が自信なさげに問いかけてくる。問われている言葉の意味がわからなかったために佐久間は、返事のしようがなく首を傾げた。

「……気持ち、いい?」

言いながら流田が、くい、と指を動かす。

「あぁっ」

得たことのない快楽に見舞われ、身体が熱すると同時に口からは高い声が漏れてしまった。自分の後ろが意識を越えたところで、ひくひくと蠢いているのがわかる。

不思議すぎる感覚に思考も身体もついていかれず、ただただ戸惑っていた佐久間だったが、やはり行為に対し、嫌悪感も恐怖も覚えることはなかった。

流田が二本目の指を挿入し、中を乱暴にかき回してきたときにも、違和感を覚えこそすれ

――そして快感を覚えこそすれ、拒絶しようという気にはならなかった。

充分慣らしたという判断を下したのか、いよいよ流田が佐久間の両脚を抱え上げ、勃起していた己の雄を後孔に押し当ててきたときにだけ、躊躇いから佐久間は身体を強張らせたのだが、流田に、

「大丈夫？」

と問われたのには、大丈夫、と大きく頷いていた。

ずぶ、と雄の先端がめり込むようにして挿《はい》ってくる。とてつもない異物感に身体はますます強張ったが、不思議と苦痛はなかった。

「力、抜いたほうがいい」

流田に言われ、そのとおり、と大きく息を吐き出す。そのタイミングを見ていたらしく、流田が一気に腰を進めてきた。

「……っ」

う、と息が詰まったが、ぴた、と互いの下肢が重なったとき、自分の中が流田の雄に満たされていると気づいた佐久間の胸に、なんともいえない思いが広がってきた。

感慨深いとしかいいようのない感情だった。胸が熱くなり、目に涙が込み上げてくる。

「……なんか……どうしよう。物凄《ものすご》く、嬉しいな」

思いは流田も同じだったようで、感極まった口調でそう告げると、にっこり、と綺麗な目

を細め微笑みかけてきた。

「……うん……」

頷く自分の声が掠れていることに気づかれたくないという思いから、佐久間が両手両脚で流田の背を抱き締め、肩に顔を埋めることで表情を見られまいとする。

「動くよ」

耳元で流田の、やはり掠れた声が響いたと思った次の瞬間、激しい突き上げが始まった。

「あっ……あぁ……っ……あっ……あっ……ああ……っ」

背に回した両脚を解かれたあとに抱え上げられ、互いの下肢がぶつかり合うときにパンパンという高い音が立つほどに腰を打ち付けられる。

内壁が流田の亀頭に擦り上げられることにより生まれる摩擦熱が、あっという間に佐久間の全身を焼いていった。

「もう……っ……あぁ……っ……もう……っもう……っ」

男には前立腺があるから、アナルセックスでこの上ない快感を得ることができる――その知識はまだ、佐久間の持ち得ないものだった。

知識はなくとも、理性を失うほどの快感はしっかりと佐久間の身を襲い、もう我慢できない、と佐久間は高く喘《あえ》ぎ、無意識のうちに、いやいやをするように激しく首を横に振っていた。

「つらい？」

流田の声が遠くに聞こえる。つらい、というよりは、喘ぎすぎて息苦しさを覚えていた佐久間は、やはり無意識のまま、こくこくと首を縦に振っていたようだ。

「待ってろ」

流田の、優しすぎるほどに優しい声がした次の瞬間、片脚を抱えていた手が外された。その手は真っ直ぐに佐久間の、既に勃ちきり、先走りの液を滴《したた》らせていた雄へと向かったかと思うと、ぎゅっと握り締めたあとに勢いよく扱《しご》き上げてきた。

「あーっ」

直接的な刺激には耐えられるわけもなく、咆吼《ほうこう》、というに相応《ふさわ》しい声を上げて佐久間は達すると白濁した液を流田の手の中に放っていた。

「……っ」

頭の上で流田の抑えた声が聞こえたと思ったと同時に、ずしりとした重さを中に感じ、彼もまた達したことを察する。

「……どうしよう……」

先ほども口にした言葉を告げた流田の顔には、この上なく幸福そうな笑みがあった。

「……やっちゃったよ。佐久間」

「……うん……」

その顔を見た佐久間もまた、自身が流田と同じような笑みを浮かべていることに気づいたのだった。

「やっちゃったな」

「……気持ち、よかった」

ぼそりと呟く流田の背を、佐久間は両手両脚でしっかりと抱き締めた。

「……俺も……」

快感も勿論ある。だが、何より、流田と繋がれたという事実に、感慨を覚えている。

言葉では伝えられないだろうと思っていた佐久間は、その思いをぎゅっと流田を抱き締める行為で伝えようとした。流田もまた、佐久間の身体をきつく抱き締め返してくる。

「……夢だとしても、嬉しいや」

耳元で響く流田の声は掠れていて、もしや彼は泣いているのではないかという思いを佐久間に抱《いだ》かせた。

「……夢だとちょっと、困る」

男とセックスするということに、大きな決断を必要としていた自分としてはと思い、告げた佐久間の背を、流田は一段と強い力で抱き締めてきた。

「……好きだ……愛してる……」

「…………」

愛——その言葉を聞いた瞬間、佐久間の胸に戸惑いが生まれた。

重い、と思ったわけではなかった。『恋』は経験していても、年若い佐久間にはまだ、『愛』という概念がなかった、それだけの話だった。

「もう……夢でもいいや……」

佐久間を愕然とさせるほどの発言をしたというのに、流田はどこまでも消極的だった。最早自分の夢はかなったとばかりにそう告げ、きつく背を抱き締めてくる彼の背を抱き締め返しながらも佐久間は、夢になどされたら自分が困る、という思いをやはり抱かずにはいられないでいた。

その夜、どうやって自分が流田の家を辞したのか、佐久間に記憶はあまり残っていなかった。

行為のあと少し眠り、落ち着きを取り戻してからの帰宅となったのだろうが、記憶は曖昧《あいまい》だった。

「それじゃあ」

珍しく、流田が玄関まで送ってくれた気がする。それもまた曖昧ではあったが、佐久間は彼の目の中に、必死さを認めていた。

いつものように別れたはずなのに、流田は、もう二度と佐久間が訪れないかもしれないと覚悟を決めていたように思えた。

その理由はおそらく、二人の関係が一線を越えてしまったためだと佐久間は判断した。友情という言葉では語れないような領域に足を踏み入れてしまった。そのことは佐久間にも衝撃を与えていたが、何より衝撃だったのは、自分がその事実をさも当たり前のことのように捉《とら》えているという現実だった。

翌日、流田は佐久間もとっている講義をサボった。

流田は滅多なことでは大学の講義をサボらない。その彼がサボるということは体調でも崩したのかと気になり、佐久間は流田の家を訪れた。

呼び鈴を鳴らしたが返事はなかった。もしや、とドアノブを掴み回すと、カチャ、とドアは開いた。

不用心にもほどがある、とドアを入り、後ろ手で鍵を閉めて家の中に入る。

応接間にも居間にも人影はなかった。ということは、と二階を目指し、流田の寝室のドアを開く。

「……あれ」

流田は寝てはいなかった。ベッドに腰掛け、ぼんやりしていた様子の彼は、佐久間の顔を見て、呆《ほう》けたような声を上げた。

「なんで今日、来なかったんだよ」

言いながら佐久間は流田の座るベッドへと近づいていった。

ある種の期待を胸に抱きながら――。

「清さんはさ、数日戻ってこないんだ」

佐久間の問いに答えることなく、流田がそんな、既に知っていることを口にする。

「それが？」

どうした、と問いかけた佐久間の手を流田が摑んだ。

「なに？」

「昨日のこと、覚えてる？」

問いかけた佐久間に、流田が逆に問いかけてくる。

「うん」

即答すると流田は少し困ったような顔をし、肩を竦めた。

「また来てくれたってことは……嫌じゃなかったと思ってもいいのかな」

「……あのさ」

もしかして、と佐久間が流田に問いかける。

「なに？」

「今日サボったの、俺の顔を見たくなかったから……とか？」

佐久間の問いに流田は一瞬、言葉を選ぶようにして黙り込んだあと、ふっと笑い首を横に振った。

「僕が見たくなかったからじゃない。佐久間がもし昨日のことに嫌悪感を抱いていたら、僕を見たくないんじゃないかと思ったんだ」

それだけだ、告げた流田に佐久間は、

「それはない」

と首を横に振った。

「どうして？」

流田が心底不思議そうに、即答する佐久間に問いかけてきた。

「さあ？」

わからない、と佐久間が首を傾げる。それを見て流田がぷっと吹き出した。

「不確かすぎて、何をどうしたらいいのかがわからない」

「少なくとも、明日から講義には来いよ」

「うん、そうする」

頷く流田の隣に、佐久間はどさりと腰を下ろし、戸惑いの表情を浮かべる彼の顔をじっと見つめた。

「……『なかったこと』にはなってない……そういうこと？」

問いかけてきた流田の声は微《かす》かに掠れていた。

「そこまで器用じゃないから」

答える自身の声も震えている、と思いながら佐久間は流田を真っ直ぐに見返した。

「昨日の今日で来てくれるとは思わなかったよ」

そう告げた流田の手が肩に回る。抱き寄せられ、シャツの胸に顔を埋める佐久間の胸には、自分でも説明のつかない充足感が溢れていた。

「だって、清さん、留守なんだろう?」

心配だったのだ、と告げる佐久間の唇に、流田の唇が落ちてくる。

「……なんかもう……どうしよう……」

キスする直前、そう呟いた流田の背を、佐久間は力一杯抱き締めていた。

きつく舌を絡めてくるくちづけに応える佐久間の胸に『どうしよう』じゃねえよ、という気持ちが芽生える。

二度と『どうしよう』という言葉は聞きたくないと願う。そんな自身の気持ちが何に根ざしているのかはよくわからない。

それでも佐久間は、決して『なかったこと』になどするものかという思いを胸に、昨夜の生々しい感覚を呼び起こしてやろうと、流田の背をきつく抱き締め、自らもきつく舌を絡めていったのだった。

三月三日

1

本来なら、在否を確かめての来訪が相応《ふさわ》しい。その思いは佐久間《さくま》の胸にあった。が、結局彼は、仕事の終わった午後九時過ぎ、いつものように電話も入れないまま、流田《ながれた》の家を訪れた。

夜にはさすがに流田の家も施錠する。清《きよ》が戸締まりをしっかりしてから就寝するためである。

年寄りの夜は早いので、もう寝ているかな、と思いつつ、佐久間は呼び鈴を鳴らした。返事がないので、もしや、と思い、ドアノブを摑《つか》むと、カチャ、と音を立ててドアが開き、清の不在を佐久間に伝えてきた。

「……入るぞ」

ドアを大きく開き、声をかけながら玄関の中に入る。清がいれば出迎えにくるはずだったが、暫《しばら》くその場で佇《たたず》み耳を澄ませても、いつものパタパタという、年齢の割に身軽な彼女の足音は響いてこず、やはり留守なんだな、と佐久間は納得し靴を脱いだ。

また、息子の家庭があるという九州にでも呼ばれたのかもしれない。そうだとすると流田は数日間、一人だったのだろうか。そんなことを考えながら、彼の姿を求め居間へと向かう。

実は佐久間はここ三週間ほど、流田宅を訪れていなかった。

これは彼にしては実に珍しいことである。

大学を卒業後、佐久間は藤臣《ふじおみ》の引きで大手といわれる不動産会社に就職し、流田は世捨て人よろしく家にこもる日々を送るようになった。

学生の頃、佐久間は毎日のように流田の家に入り浸っていた。

藤臣主宰のゴルフサークルも、ゴルフが思うように上達しなかったこともあり――練習にあまり参加しないので当然ではあるのだが――二年に上がる前にはもう『幽霊部員』状態で、殆《ほとん》ど顔を出さなくなった。

三年にあがってからはゼミも流田と同じものをとったため、二人して大学で講義を受けたあとには流田の家に向かう、というのが佐久間の毎日の行動パターンとなっていた。

社会人となった後《のち》には生活時間帯も違ってはきたが、それでも週に二、三度は、外回りの最中や仕事のあとに、佐久間は流田の家を訪れていた。

その理由を佐久間は流田に対しては『清さんのメシが美味《うま》いから』と説明していたが、実際のところそれは後づけの理由だった。

ふとしたときに会いたくなる。足が自然と向かってしまう。

制御できない気持ちが行動となって表れる。まさに心の赴くがまま訪れていた流田宅を、三週間もの長い間訪れなかったのは、この三週間というもの、会いたいという気持ちが沸き起こらなかったから――ではなかった。

逆に、会いたい、という思いが日々募るのを、必死になって抑え込んでいたというのが実情だったが、そんな我慢までしていたのには、一つの理由があった。

「流田」

居間に流田の姿はない。食堂にも、応接間にもいないかと、明かりがついたままになっていたそれぞれの部屋を佐久間は覗《のぞ》く。

応接間を出ようとしたとき、ふと佐久間は、今日は桃の節句だったか、と、思い出した。

端午の節句に立派な兜と五月人形を飾っていたので、もしやひな祭りには雛《ひな》人形を飾るのかと、以前流田に尋ねたところ、

『誰のために飾るって』

と流田は苦笑した。

『お前が見たいというのなら、清さんのために飾ろうかな』

なんでも由緒正しい上に、かなり大仰《おおぎょう》な雛人形が流田家には代々伝わっているそうで、女の子が生まれた場合には仰々しく飾っていたのだという。

横で聞いていた清が、飾るのも仕舞うのも自分になる、そんな重労働はしたくないと、冗談半分、本気半分で言ってきたのに、三人して笑ったものだったが、当然ながら今年も飾っ

てないのだな、と佐久間は無人の応接間を振り返ったあと、パチリと電気を消した。階下にいないとなると、流田は二階で寝ているのだろう。不用心の上に、省エネの精神もなければ倹約の心もない、と呆《あき》れながら、一階の電気をすべて消し、階段を上る。

しかし、これだけ音を立てているのに気づかないということは、酔っ払って寝ているのかもしれないな、と流田の寝室のドアの前で佐久間は中を窺《うかが》った。

隙間《すきま》から明かりが漏れているが、流田のことだからつけっぱなしで寝ている可能性は大である。

寝ているのなら、このまま帰ろうか——ノックをするため握った拳《こぶし》が、ドアに当たる前に止まる。

今日を選んだ理由は特にない。強いていえば、三月三日、桃の節句だったから、という、理由にもなっていないことがきっかけだったに過ぎない。

もう三週間も逡巡《しゅんじゅん》しているのである。明日にすればいいじゃないかと、佐久間は拳を下ろしかけた。が、そうしてだらだらといつまでも先延ばしにしているうちに、日は経《た》っていくに違いないと思い直し、再び拳を握り締め、ドアを叩《たた》いた。

「流田、入るよ」

声をかけながらドアを開く。

「やあ」

流田はベッドに入っていた。が、寝ていた様子はなかった。寝るときに彼はパジャマを身につけているが、まだ着替えてもいなかったし、上掛けもかけていなかった。

「久々」

よっと声を上げ起き上がる。声に酔いが滲《にじ》んでいたが、いつものように顔には出ていなかった。流田はどんなに飲んでも、それが面《おもて》に出ないのである。

「清さんは？」

「里帰り。お孫さん、女の子なんだ」

受け答えはしっかりしていたが、流田の足下は随分と覚束《おぼつか》ない様子だった。

「水、持ってこようか？」

「いや、大丈夫。下に降りる」

佐久間の申し出を断り、ふらふらしながら部屋を出ようとする。

「階段から落ちるなよ」

「落ちないよ」

明かりもつけずに降りようとするのを、慌てて後ろから追い抜き、電気をつける。

「サンキュ」

ありがとな、と日本語でも言い直し、流田がゆっくりと階段を降り始めた。佐久間も彼のあとに続く。

「清さん、いつからいないんだ？」

「一昨日《おととい》からだ」

「いつまで？」

「明後日《あさって》まで」

会話は続いていたが、流田は佐久間を振り返りはしなかった。足下が危ういからだろうとわかっていながら、もしや思うところがあるのでは、とも勘繰ってしまう。

「メシとか、どうしてるんだ？」

ようやく一階に辿《たど》り着くと、流田は相変わらずふらふらしたまま台所へと向かおうとした。

「水くらい、俺が持ってくるから」

もう部屋にいろ、と、暗がりの中、足を進めようとする流田の肩を後ろから摑《つか》む。

「悪いな」

流田がようやく佐久間を振り返り、ニッと笑いかけてきた。

「最初からそうしておけばよかったんだ」

彼の笑顔を見た瞬間、佐久間の胸に何か迫るものがあった。う、と声が詰まりそうになるのを飲み下し、敢《あ》えてぶっきらぼうに言い捨て、流田の横をすり抜ける。

「お前はビールでもなんでも飲んでくれ」

通り過ぎるとき、今度は流田が、ぽん、と佐久間の肩を叩いた。掌《てのひら》の重さを感じたのは一瞬で、すぐ彼の手は離れていったのだが、そのときにも佐久間の胸にはなんともいえない感慨が芽生えた。

つい振り返り、ふらふらした足取りで応接間へと向かっていく流田の背中を見やる。が、視線を感じた彼が振り返りそうになったときには佐久間は前を向き、足早に廊下を進んでいた。

冷蔵庫からミネラルウォーターのペットボトルとビールの缶を一つずつ出し、流田のいる応接間へと向かう。

居間ではなく応接間を選んだのは多分、そこに置いてあるソファのほうが寝心地がいいからだろうと思った佐久間の考えは当たったようで、部屋に入ると流田はソファに長々と伸びて寝ていた。

「ほら、水」

明かりはついておらず、光源は開いたままになっていたカーテンの間から入る月明かりのみ、という薄暗い室内を進み、ペットボトルを差し出す。

「ああ、ありがとう」

よいしょ、と、また声を上げながら流田が半身を起こし、佐久間からそれを受け取ろうとした。

「…………」

やはり酔っているのか、流田が握ってきたのはペットボトルではなく、それを持っていた佐久間の手だった。

「それは俺の手」

どきりとしながらも冷たく言い放つと、

「本当だ」

流田は、あはは、と笑って佐久間の手を離し、ペットボトルを摑んだ。

「清さんがいない間、食事とかどうしてるんだ？」

キャップを開け、ごくごくと水を飲み始めた流田を前にし、なんとなくいたたまれなさを覚えた佐久間が先ほど中断した話を続けようとする。

「清さんの知り合いの家政婦さんが来てくれている」

「さすがだな」

早、八年の付き合いとなるが、佐久間は流田が自分で家事をやっているところを見たことがなかった。

料理は勿論《もちろん》、掃除洗濯、何一つできないのではないかと、ようやく慣れてきた薄闇の中、流田の顔をまじまじと見る。

「さすがなのは僕か？　それとも準備万端な清さん？」

明るい口調で問いかけてきた流田は、水を飲んだせいか、眠気は飛んだようだった。まだ少し酔いは感じられるが、口調はいつもどおりだ、と佐久間は思い、尚《なお》も流田を見つめる。

「飲まないの？」

せっかく持ってきたのに、と、流田が佐久間にビールを飲むよう促してきた。

「………飲もうかな……」

流田が寝ぼけていたり、泥酔したりしているのなら、また明日以降話そう——いつの間にかまた、先延ばしにしようとしていた自分に気づき、佐久間は小さく溜《た》め息《いき》を漏らすと、勢いづけのためにとプルトップを上げ、ビールを一気に飲み干そうとした。

「……っ」

勢いづけのはずが、勢いあまって噎《む》せ、咳《せ》き込んでしまう。

「大丈夫？」

流田が立ち上がり、佐久間の手からビールを受け取ると、

「ほら」

と自分の飲んでいた水を差しだしてきた。

「……サンキュ……」

未《ま》だ咳き込みながらも、ポケットからハンカチを出し、濡《ぬ》れてしまった口元や服を拭《ぬぐ》ったあと、佐久間は流田から水を受け取りごくりと一口飲んだ。

「何を慌ててたんだか」

ふふ、と流田が笑い、佐久間から取り上げたビールを飲みながらまたソファに腰を下ろす。

少しの間、沈黙が流れた。月明かりに照らされた室内には、細工物の置き時計の秒針の音が、カチカチと響くのみである。

流田がなぜ、口を開かないのか。佐久間にはもうわかっていた。酔っているからでも、寝ているからでも、ビールを飲んでいるからでもない。

彼は自分が口を開くのを待っているに違いない――そう気づいたときに佐久間は、確信と疑念、半々を胸に口を開いた。

「話がある」

切り出した声が掠《かす》れた。

「うん」

流田がくす、と笑いながら、手の中のビールを呷《あお》ってみせる。つられたように佐久間もまた一口水を飲むと、こほん、と咳払《せきばら》いをし、いよいよ告げるぞという決意と共に口を開いた。

「来月……結婚する」

言ってしまった――。

ここ数ヶ月、ずっと言おうとして言えずにいた言葉だった。式の日程も迫り、いよいよ打ち明けねばならないと追い詰められるあまり、三週間もの間、彼の家を訪れることができなかった。

今日も諦めて帰りかけたが、ようやく告げることができた——思わず大きく息を吐きそうになり、佐久間ははっと我に返って目の前の流田を見やった。

流田は今、どんな顔をしているだろう。目が慣れたはずなのに、彼が俯《うつむ》きがちなため表情がよく見えない。

怒っているだろうか。まさか泣いているわけはないよな、とおそるおそる佐久間が彼の顔を覗き込もうとするより一瞬早く、流田がすっと顔を上げた。

「知ってたよ」

彼の顔は——笑っていた。

「……え……？」

なぜ、と佐久間が絶句する。

流田に自分の結婚話を伝える人物に、一人も心当たりがなかった。

大学時代の友人には既に案内状を出しており、出席の返事も貰《もら》っていたが、彼らと流田の間にほぼ接点はない。

流田の家にパソコンは勿論あったが、彼のメールアドレスを知るかつてのクラスメイトはいないはずだった。

出かける用事がないからと、流田は今時携帯電話も持っていなかった。彼に連絡をとるには、家の電話にかけるしかないのだが、その番号を知る友人知人も思い当たらなかった。

大学三年生になったあたりから、佐久間は流田とばかり一緒にいるようになった。流田も佐久間以外の人間とのかかわりは清のみのようだったし、本人の口からもそう聞いたことがあった。

そう、佐久間が就職を決めた直後、流田は父を亡くしていた。唯一の肉親であるという父の死に対し、佐久間の目には流田がたいしてショックを受けているように見えなかった。死因など、詳しいことは聞かなかったが、病死であることに間違いはないようだった。佐久間が就職活動に明け暮れている間、流田も遺産相続などの諸々の処理に追われており、頻繁に家を訪れることが躊躇《ためら》われるほど多忙そうだったので、しばらくは訪問を控えたほどだった。

内定が出た報告に、久々に流田の家を訪れると、すべて手続きは終わったとのことで、流田は実にさばさばとした口調で、相続についての話をしてくれた。

相続税はずいぶんととられたが、松濤《しょうとう》のマンションを売ってカタをつけたということ——松濤のマンションは高層かつ高級なことで有名なマンションであり、流田の父はペントハウスといわれる最上階のフロアを独占していたと聞かされ、今更ながら佐久間は流田家の財力に仰天した——今後も家賃収入は入るので、生活は安泰であるということ、父親に隠し子でもいるのではないかと案じたが、意外にもその辺はちゃんと心得ていたらしく、数人いた愛人との間に子供は一人もなかったということ、晩年は愛人と遊ぶこともなく、碁会所に通うのを日課にしていたようだが、その碁会所でも偏屈で通っており、友人らしい友人もいなかったということ。

「寂しい人生ではあったようだよ」

佐久間は流田の父の通夜にも葬儀にも参列したのだが、どれほど金をかければこうも立派にできるのだというような荘厳《そうごん》な雰囲気ではあったし、供花も山のように来ていたものの参列者はあまりいなかったと、思い起こしながら話を聞いていた。

「まあ、僕のほうが寂しい人生を送る自信はあるけどね」

自嘲《じちょう》、というよりは微笑というに相応しい笑みを浮かべる流田に対し佐久間はかけるべき言葉を持たなかった。

そうした『寂しい人生』を送っているはずの流田はいったいどうして自分の結婚を知ったのか。

まさか新婦側に知り合いでもいたのだろうか、と呆然《ぼうぜん》と流田を見返していた佐久間は、その流田にふっと笑われ、我に返った。

「そう驚くことはないよ。センパイから聞いてない？」

「え？」

いかにも馬鹿にした『センパイ』呼びをする相手は藤臣だと察しはしたが、何も聞いていない、と首を横に振り逆に問いかける。

「藤臣先輩が？　どうして？」

　知らせる理由がわからない。第一、藤臣と流田は互いを疎んじていて、交流などまったくなかったはずなのに、と眉《まゆ》を顰《ひそ》めつつ問いを重ねた佐久間の前で、流田が苦笑しながらしてくれた説明は、まさに自業自得、としかいいようのないものだった。

「先週だったかな。駅前の本屋で偶然、センパイに会ったのさ。向こうから声をかけてきた。お前の結婚式に来るだろうって」

「……そうなんだ……」

「本当なら、お前の担当だった客先で用事を済ませたあとだと言っていた。お前に代わりに行ってくれと頼まれたって」

「…………ああ……頼んだ……」

　流田の家の近くにある一戸建てに住む老人が、その家を取り壊しアパートを建てる計画が持ち上がっていた。

　老人を紹介してくれたのは実は流田で、佐久間の勤務する不動産会社が家の建て替えやら、その後の住人の募集やらを一手に引き受けることとなった。

　その打ち合わせがあったものの、流田の家の近所を訪れることに佐久間は躊躇いを覚え、それで同じ課所属の藤臣に代理を頼んだのだった。

　まさかその結果、藤臣が偶然流田に会い、そこで自分の結婚話を伝えることになろうとは、と天を仰ぐ。

藤臣も藤臣だ。流田と会ったのなら、それを話題に出してもよかろうに、なぜ自分に伝えなかったのかと、八つ当たりといってもいいことを考えていた佐久間の心を読んだように、流田が口を開いた。

「センパイはお前の結婚式に、サプライズを用意してるんだってさ。同じ大学の連中を集めて胴上げをするんだと言っていた。サプライズだから決して佐久間、お前には喋《しゃべ》るなと言われた。それなら僕たちが会ったことも彼には言わないほうがいいですね、と言ったら、そうだなと納得していた」

本当にあいつは単細胞だ、と、心の底から馬鹿にしたように流田が笑う。

「……ごめん……」

流田が藤臣を嫌う理由は、もしや自分にあるのでは――好きだと流田に告白されたときに佐久間はそれを確信した。

幼馴染《おさななじみ》である藤臣は、流田の知らない佐久間の過去をすべて知っている上に、その過去の大半を共有している。

面倒見がいいために、自分の保護者のように振る舞う。佐久間自身、自分のことはなんでもわかっているといいたげな態度をとる藤臣を少々うざったく感じることもあったが、実際、そのとおりであるという自覚もあった。

そんな藤臣に流田は嫉妬《しっと》し、それで彼を厭《いと》うようになったのだろう。本人に確かめたわけではないが、はずしていない自信はあった。

そうも嫌っている相手から、自分の結婚話を聞かされたのだ。

嫉妬もするだろうし、嫌悪感も抱《いだ》くだろう。許せない。そう思っていても不思議はない。

一瞬にしてその考えに至った佐久間は、まずは詫《わ》びねば、と流田に対し深く頭を下げた。

「……………」

流田が口を開く気配はない。

許せないということか、と顔を上げると、流田が微笑《ほほえ》んできた。その笑顔を見ても許されているという気にはならず、それどころか酷《ひど》く追い詰められるような思いに陥った佐久間は、聞かれてもいないのに自分が結婚にいたるまでの説明を始めていた。

「あ、相手は隣の課の一つ上の代の事務職で、山野《やまの》さんというんだ。藤臣先輩の結婚式の二次会の幹事を一緒にやったのがきっかけで親しくなった。好きだと告白されて、三ヶ月前から付き合い始めた。彼女、会社の仕事に酷いストレスを感じていて、すぐにも辞めて結婚したいとせがまれて……バタバタとすべてが決まって、それで報告が遅れてしまったんだ」

なんて言い訳がましい、と喋っているうちに自己嫌悪に陥っていた佐久間はここで言葉を切り、改めて深く頭を下げた。

「……本当にごめん。もっと早くに打ち明けるつもりだったのに」

「三ヶ月前か。そういや、その頃から少しずつ、ウチへの足が遠のいていたよな」

まだ言葉が終わらないうちに流田が声をかけてくる。彼の声音のあまりの明るさに違和感を覚え、佐久間はいつしか伏せていた顔を上げ流田を見た。

にっこり、と流田が微笑み、口を開く。

「相手の名前、なんていうんだ？」

「え？　あ……美奈子《みなこ》」

「いくつ？　年も一つ上？」

「あ、うん。二十七」

「結婚を焦るお年頃だね」

ふふ、と流田が、楽しいことでも話すかのようにそう言い、新たな問いを佐久間に発する。

「センパイに聞きそびれたんだけど、結婚式の日取り、来月のいつ？　場所は？」

「………二十日の日曜日。場所は……」

ホテルの名を告げながら佐久間は、流田は今、どのような気持ちでいるのかと、晴れやかとしかいいようのない彼の表情を凝視した。

「呼んでくれるんだろう？」

「え……」

さも当然、というようにそう問われ、一瞬佐久間が絶句する。

「そんな顔しなくても、別に何もたくらんじゃいないよ」

流田はぷっと吹き出すと、我に返った佐久間が慌てて、

「別にそんな」

とフォローしようとした声に被《かぶ》せ、言葉を続けた。

「式で泣いたりもしないいし、恨み言を言ったりもしないから安心してくれ」

「考えたこともなかった。ただ、俺は……」

打ち明けづらかった。それ以外に理由はない。そう言おうとした佐久間の声にまた流田が言葉を被せる。

「わかってるって」

何も言わなくていい――微笑み、首を横に振る流田を前に、またも佐久間は言葉を失っていた。

「愛しているのか?」

そんな佐久間に、流田が微笑みを浮かべたままそう問いかけてくる。

「え?」

「まあ、愛しているから結婚するんだろうが」

「…………ああ……」

結婚相手を愛しているかどうかを聞かれたのか、とようやく流田の質問の意味が理解でき、

それで頷《うなず》いただけだったのに、流田は佐久間が自身の問いを肯定したと勘違いしたようだった。

「愚問だったね」

「あ、いや、そうじゃなくて」

苦笑する彼に佐久間は思わず、言い訳めいたことを口にしようとし——ふと、自分は美奈子を愛しているのだろうか、という疑問に行き当たった。

結婚を決めたのは自分だったが、結婚したいという明確な意思を持っていたのは相手のほうだった。とはいえ、押し切られたという印象はない。

自分で結婚を決めたことには間違いないとはいえ、その動機が『愛』にあるかとなると頷くのを躊躇った。

言いかけたまま、言葉を繋《つな》げることができないでいた佐久間を、流田は暫《しば》し見つめていたが、やがて目を伏せ、ふっと笑った。なんだか心を見透かされているような気がして、佐久間もまた目を伏せ、沈黙が再び二人を包んだ。

「多分、お前は逃げたんだよ」

ぽつん、と、まるで独り言のような口調で流田が呟く。

「……え？」

どきり、と佐久間の胸が高鳴ったのは、流田の言葉にぎくりとする部分が——正解、としかいえない部分があるために違いなかった。

「僕のような世間から逸脱した人間と付き合っていることが怖くなったんだよ。きっと」

「………」

流田の口調は穏やかで、少しも佐久間を責めている印象はない。淡々と、事実のみを語っているかのような彼の言葉を、肯定していいのか、否定すべきなのか、何より、その分析は正しいのか否かも判断がつかず、佐久間はただただ無言のままその場に立ち尽くしていた。

「常識的な世の中に、しがみつかなければいけないような気持ちになった。いわば世間並み、という感覚だ。そろそろ結婚し、子供を持ってもいいんじゃないか、それが『世間並み』ってことなんじゃないかとお前は思った……そうなんじゃないかな」

「……それは……」

違う、と首を横に振りかけたものの、否定の言葉を口にできなかったのは、その瞬間、流田に己の胸の内をこれでもかというほど言い当てられているということに佐久間が気づいたためだった。

結婚に至るまでの心理はまさに、流田の言うとおりだった。

半年前に藤臣が長年付き合ってきた女性と結婚し、二次会の幹事を任された。結婚することはかなり前から決めていたが、社会人としてもう少し経験を積んでからと思っていたという藤臣が結婚に踏み切った理由は、相手の妊娠が発覚したためだということだった。

『俺も人の親だよ』

信じられないな、と苦笑してはいたが、その実、藤臣が天にも昇るほどに喜んでいることは、長年の付き合いで佐久間には手に取るようにわかったのだった。

『順番が違うと怒っちゃいたけど、親父もお袋も大喜びしていたしな』

孫は格別に可愛《かわい》いらしい、と藤臣が語るのを聞くうちに、佐久間はふと、自分の両親のことを考えた。

佐久間は一人っ子だった。自分以外、親に『孫』を抱かせてやる人間はいない。当たり前のことだというのに、そのとき初めて佐久間はそれを実感したのだった。

佐久間も、そして親も互いに淡白で、共に親離れ、子離れができていた。両親はそれなりに人生を謳歌《おうか》しており、佐久間に対する興味は薄いようである。

付き合っている女性についても聞かれたことはないし、大学時代、流田の家に入り浸り、外泊することが多くても、どこに泊まっているのかと問われることはまずなかった。

かといって、特に仲が悪いということもなく、それなりに互いをいたわってもいる。

その両親に向かい、この先孫を抱くことはないかもしれないと宣言することはとてもできないと考えたときに、佐久間の頭に先ほど流田が口にした『世間並み』という単語が浮かんだのだった。

世間から逸脱することを自ら選ぶ勇気はない。だがこのままだと確実に『逸脱』が待っている気がする。

そんなことを漠然と意識し始めた頃、藤臣の結婚式の二次会の幹事を共に務めた美奈子から『好きです』と告白されたのだった。

女性と付き合うのは高校以来で、いつもなし崩しに交際が終わっていたというのに、美奈子が積極的ということもあり、二人の仲はあっという間に親密になり、結婚に向けてトントン拍子に話は進んだ。

まずは美奈子の両親に挨拶《あいさつ》にいき、続いて自分の両親に彼女を紹介する。

結納も早ければ、挙式の日程や場所を決めるのも早く、あまりのスピードに佐久間は母親からデキ婚を疑われたほどだった。

そうも結婚を急いだのは佐久間ではなく、美奈子だった。会社がつらい、一日も早く退職したい。その思いが彼女に結婚を焦らせていると佐久間は見ていたが、それ以外の理由として、自分が今一つ乗り気に見えないから焦ったと先日何かの折に言われ、そうだったのか、と驚いた。

別に乗り気ではなかったわけではなく、何もせずとも彼女が一人で決めていく、それに乗っかってしまっていただけだった。ひと月前に彼女は職場を辞め、気持ちに余裕ができたらしく、すべてを一人で決めるのが空《むな》しくなってきたようで、あれこれと相談を持ちかけてくる。

挙式が近いので決めねばならないことも多く、自然と共にいる時間も長くなってはいったが、相変わらず自分が結婚するのだという実感は持てずにいた。

それでも着々と挙式の日は近づいてくる。衣装も決まったし、式次第も決まった。招待客はふた月前には決まり、招待状も出状しているし回答葉書も届いている。

流田への挨拶状のみ、佐久間は手で届けにいくといい、業者へのリストから外させた。突然、こんな案内状が届いたら、彼がどう思うだろうと案じたためだった。挨拶状が届くより前に結婚の報告に行けばいい。それはわかってはいたが、行動に移せずにいたのだった。

座席を決める時期なのに、まだ流田から出欠の返事がない。確認してほしいと美奈子に言われ、ようやく重い腰を上げた。

出席してほしいのか、ほしくないのか、自分でも判断がつかない。

ただ、結婚するということをできればぎりぎりまで知られたくなかった。そんな自分の気持ちだけは把握していたけれど、言いづらいという以外の理由もまた、自分でもよくわからなかった。

「まだ、他に言いたいことがあるんじゃないのか？」

黙り込んだ佐久間に、流田がにっこり微笑みながら問いかけてくる。

「…………うん…………」

すべてお見通し——そういうことだろうと佐久間は流田を見返し、にこ、と微笑まれてまた俯いた。

苦笑というに相応しい笑みは、流田が最早、佐久間の言いたいことを察しているのを物語っており、佐久間をいたたまれない気持ちにさせていた。

このまま黙っていればおそらく、流田のほうから切り出してくるに違いない。心情的にはそちらのほうが好ましいが、そこまで流田に甘えていいものか。

いいわけがない、と瞬時にして佐久間は結論を下す。

そこまで甘えていいわけがない。決断したのは自分であって、流田ではないのだから。

楽な道に流れることはすべてが『悪』ではないだろう。要領よく仕事をしろと佐久間は会社で叱られることが多いのだが、その『要領のよさ』と『楽』は通じるところがある。

だが今回は、楽に流れることも、要領よくすませることも、してはいけない。せめてそのくらいの誠意は見せなければ。その思いが佐久間の口を開かせたのだが、声は酷く掠れてしまった。

「……もう、今までのような関係は、やめたい」

言った瞬間、佐久間は流田の顔を見ることができず俯いた。

『今までのような関係』というのは言うまでもなく、性的な関係を指したつもりだった。八年もの間、続いてきた関係を一方的に断ち切りたいと告げるのは、佐久間にとっては勇気と、そして思い切りのいる行為だった。

果たして流田はどのような答えを口にするのか。

やめたくない、とごねるか。

それとも、納得できないと怒るか。

きっかけはとうに忘れてしまったが、二人が抱き合うようになったのは、どちらか一方が強く望んだ挙げ句に力でねじ伏せられた、といったものではまるでなかった。

互いに求め合っていた、それが二人の間に横たわる事実である。なのに自分が結婚するからという理由で、もうやめよう、と宣言され、流田が面白く感じるわけがなかった。

詰《なじ》られるのは覚悟していた。殴られることも勿論だった。果たして流田はどのようなリアクションを見せるだろう。告白を決意したここ数日、そのことばかりを考えていた佐久間だったが、自分の言葉のすぐあとに流田が答えた、その答えを聞きあまりの意外さから声を失ってしまった。

「わかった。やめよう」

あっさり――あまりにあっさりと、流田は頷いたのだった。

月明かりに照らされる彼の頬《ほお》には微笑みが浮かんでいて、佐久間は自分が何か誤った言葉を告げたのではないか、という思いにとらわれていた。

そんなことまでお見通しというわけか、流田が目を細めて微笑み、口を開く。

「これでも、道徳観は人並みにあるほうなんだよ。人妻――ではなく、人の夫になる相手と、セックスするのはよくないよね」

「………うん………」

頷いたあと佐久間は『ごめん』と言いかけ、謝罪が逆に流田に対し失礼にあたるのではとはっとし、口を閉ざした。

失礼――そんな感覚を今まで佐久間は抱いたことがなかった。

流田を傷つけるのでは、と最初に思い、その程度で傷つくと思うのは彼を見誤っていると次に気づいた。

それで『失礼』という言葉がふと頭に浮かんだのだが、そんなことを考えるあたり、自分と流田の間には最早埋めようのない距離が、もしくは深い溝が生じてしまったということだろうと察し、なんだかたまらない気持ちになった。

「流田」

その気持ちが佐久間の身体《からだ》を動かし、気づけば彼は流田の腕に縋《すが》っていた。

「ダメだよ」

流田が苦笑し、佐久間の手を摑んで自分の腕からはずさせる。

「え？」

まさかの拒絶に佐久間は愕然《がくぜん》としたあと、自分の『まさか』という感覚に再度愕然とした。

「もう人のものなんだから」

にっこり、と微笑む流田の顔はどこか泣いているように見えた。

いや、それは自分の願望だ。泣きたい気持ちになっているのは自分のほうだ、と佐久間はすぐに気づく。

「まだひと月ある」

焦燥感に煽《あお》られたのだか、やりきれなさが言葉に現れたのだか、そのときの佐久間は自分をまるでセーブできなくなっていた。

我ながら女々《めめ》しいといおうか、諦めが悪いといおうか、あとで反省することになるとわかっているのに、次の瞬間、佐久間は再び流田に縋っていた。

流田が黙って微笑み、首を横に振ってみせる。

引き返せないところにきてしまった。が、その選択をしたのは誰でもない、自分なのだ。

流田言うところの『世間並み』の生活を求め、流田との『世間とははずれた』関係を断ち切ろうとした。

果たして自分の選択は正しかったのか。誤っていたのではないのか。

今ならきっと引き返せる。そう、今が最後のチャンスだ。

はずされた手を眺める佐久間の胸に、その思いが立ち上る。

今の話は忘れてほしい。結婚もやめる。だからこのまま——。

口を開きかけた佐久間の目の前で、にっこりと、それは華麗に微笑みながら流田が言葉を発した。

「今日からは世間並みの『友達』だな」

「……っ」

強烈に頭を殴られたような感覚に陥り、佐久間は絶句する。

既に『最後のチャンス』は失われていた。そう思い知った瞬間だった。

「僕たちの間にはちゃんと、友情も介在していたよな」

何も答えない佐久間に、微笑んだまま流田が問いかけてくる。

「…………ああ…………」

微笑むことができた自信はなかった。俯いた瞳に涙がたまってくるのがわかる。

泣くのはおかしい。流田が泣くのはわかるけれど、と、こっそりと目を指先で拭いながら見上げた先には、晴れやかに微笑む流田の顔があった。

彼が泣いていないことに、安堵《あんど》しつつも、なんでだよ、と怒りが胸に立ち上るのを抑えることができない。

理不尽この上ないと自分に呆れながらも佐久間は、流田にとって自分は果たしてどのような存在だったのかと、今更のことを考える己を酷く女々しく感じていた。

2

結婚式はつつがなく執り行われ、式の翌日から佐久間は妻と新婚旅行に旅立った。

行き先は妻が行きたいと言ったモーリシャスで、実際現地に到着するまで佐久間はそれがどこにあるのか、どういった場所であるのか、少しも理解していなかった。

流田は式に出席し、藤臣がこっそり企画した新郎の胴上げにも参加していた。スピーチは頼まなかった。一番仲が良かったんじゃないのかと藤臣は不思議がっていたが、流田に断られたと嘘を言い、友人代表のスピーチは彼に頼んだ。

流田の席は、大学時代の友人たちと同じテーブルにした。高砂《たかさご》から時折佐久間は彼を見やったが、学生時代、あれだけ嫌っていた藤臣と談笑していて、密《ひそ》かに驚きを覚えた。

流田は他の友人たちともよく笑い、よく喋っていた。彼を目で追いすぎていたために佐久間は、両親への花束贈呈のタイミングを逸し、司会者に再三『新郎、どうぞお立ちください』と言われる始末だった。

流田は二次会には来なかった。式が終わったあと彼は、新婦が友人たちに囲まれ写真を撮っているのをぼんやり見ていた佐久間に近づいてきて、

「お疲れ」

と肩を叩き、そのまま立ち去っていった。

佐久間はあとを追おうとしたが、藤臣に、

「二次会、行くぞ」

と肩を抱かれ、歩き出されてしまったためにかなわなかった。

二次会の間も、そしてすべてが終わり、妻となった彼女と共に部屋で過ごしている間も、モーリシャスに旅立つ機内でも、美しい青い空、青い海に囲まれた新婚旅行の地でも、気づけば佐久間は流田のことを考えていた。

一週間後、久々の出勤を果たしたあと、佐久間は新婚旅行で買った土産を手に、流田の家を訪れた。

土産は土地のものではなく、ブランデーにした。どこでも、それこそ国内でも買えるものを選んだことに意味はないつもりだったが、深層心理では『新婚旅行』の土産を手渡すことに、佐久間自身がこだわってしまっていたのかもしれなかった。

今まで同様、事前に連絡は入れなかった。

「流田、いるか？」

ドアチャイムを鳴らしながら玄関のドアを開く。

「あら、佐久間さん、いらっしゃい」

パタパタとスリッパの音を響かせながら清が廊下を駆けてきて、佐久間を出迎えてくれた。

「清さん、帰ってたんだ」

先月、彼女は九州の息子の家に行ったとのことで不在だった。それを思い出し声をかけると、

「え？」

不在がひと月も前だったからか、清は不思議そうに目を見開いたあと、ああ、と納得した声を上げた。

「留守にはしましたけど、坊ちゃんはわがままで人見知りですから。きっと不自由しているに違いないと思って、早々に帰ってきていたんですよ」

声を潜めることもなく清はそう言うと、やれやれ、というように溜め息をついてみせた。

「佐久間さんは結婚されて一家の主《あるじ》になられたというのに、坊ちゃんときたら、いつまでも子供で」

「……知ってたんだ」

清がまさか自分が結婚したことを知っているとは思わなかった、という驚きから、思わず佐久間がそう漏らすと、

「あら、いやだ。私ったらお祝いも言わずに」

清はそれをどうとったのか、いけない、というようなことを口の中で呟《つぶや》いていたかと思う

と、改めまして、といわんばかりに足を止め、佐久間に向かって深く頭を下げて寄越した。

「ご結婚、おめでとうございます。末永いお幸せをお祈りしております」

「あ、ありがとう」

礼を言い、頭を下げ返す。彼女が知っているのは、ある意味当然といえることに、今更のように佐久間は気づいていた。

流田が式に参列する際式服を彼女に用意させただろうし、帰ってきたらきたで、式の様子を聞かれただろう。

果たして流田はなんと言ったのか、聞いてみたい気がしたが、それより前に清は佐久間を流田のいる応接間へと導いた。

「坊ちゃん、佐久間さんがいらっしゃいましたよ」

ドアを開けながら清が中に声をかける。

「いらっしゃい」

佐久間はソファに寝ころび、文庫本を読んでいた。

「なんです、お行儀の悪い」

清がまるで小さな子供を叱るような口調でそう言い、じろりと流田を睨《にら》む。

「食べてすぐ寝ると牛になるって?」

流田は笑いながら身体を起こすと、佐久間へと視線を向け尋ねてきた。

「メシは？　今夜は清さんお得意の麻婆豆腐だ。まだなら食べていくといい」

「ありがとう。でももうすませてきた」

清の作る麻婆豆腐は本格的な中華料理で、流田のお気に入り料理であったが、佐久間の好物でもあった。

「なんだ、残念」

流田は肩を竦めたあと、そうだ、と思いついた顔になり清に声をかけた。

「せっかくだから持たせてやったら？　清さん、作りすぎたって言ってたよね？」

「そりゃかまいませんけど」

清はらしくない歯切れの悪さでそう言うと、どうした、と彼女を見た佐久間を見返し、心配そうに言葉を続けた。

「奥様、気を悪くされるんじゃないですか？　余所《よそ》から料理を持って帰ったりしたら」

「……いや、そんなことは……」

考えたこともなかった、と首を横に振ろうとした佐久間の声にかぶせ、流田の、

「ああ、そうか」

と納得した声が重なる。

「妻帯者っていうのは、色々面倒なんだな」

肩を竦め、笑いかけてきた流田に佐久間はなんと答えていいのかわからず黙り込んだ。

「お茶、淹《い》れてきますね。ああ、おビールにしましょうか」

清が問いかけてきたのに、流田もまた佐久間に尋ねる。

「ビールくらい、飲んでいく時間はあるだろう？」

「勿論」

すぐにも帰れ、といわんばかりの発言に戸惑い、流田を見る。と流田は、

「妻帯者にはそれなりに気を遣わないとね」

と微笑み、ねえ、と清へと視線を飛ばした。

「坊ちゃんも早く、お嫁さんをもらうといいですよ」

そうしたら家族ぐるみのおつきあいができますから、と告げ、清が部屋を出ていく。ドアが閉まった途端訪れた沈黙の居心地の悪さに、佐久間はコホン、と咳払いをし、手にしていた洋酒の入った紙袋を流田に差し出した。

「これ、お土産」

「ありがとう」

流田が笑顔で受け取り、中を見てヒューと口笛を吹く。

「レミーマルタンか。張り込んだな」

「免税店で買ったから」

答えた佐久間に流田はソファを勧め、自分も向かいに腰を下ろした。

「どうだった？　新婚旅行。どこに行ったんだっけ」

「モーリシャス……なんだか、疲れた」

「モーリシャスか。ビーチリゾートを選ぶとはちょっと意外だった」

「俺が選んだわけじゃないよ」

「奥さんの言いなりか？　早くも尻《しり》に敷かれてるんだな」

ごく自然に会話が続いていく。

「それにしても感想が『疲れた』だなんて、ハネムーンベビー宣言かい？」

流田がにや、と笑い、佐久間の顔を覗《のぞ》き込んでくる。そのとき佐久間の胸はずきりと激しい痛みを覚え、気づいたときには、

「やめてくれ」

と固い声を出していた。

「え？」

流田が問い返したのとほぼ同時に、

「失礼します」

と清が声をかけながらドアを開き、ビールとつまみを届けにきた。

「坊ちゃん、新婚さんをあまりからかっちゃいけませんよ」

しっかり聞いていたらしく、清は流田をじろりと睨みそう告げると、ビール瓶やコップを

テーブルに置いて退出していった。

「清さんにはかなわないな」

流田が苦笑しながらビール瓶を取り上げ、まず佐久間のグラスに注《つ》いでから、佐久間が瓶を取り上げようとするのを、いいから、と微笑んで制し、自身のグラスも満たす。

「それじゃあ、乾杯」

にっこり、と流田が微笑み、佐久間に向かってグラスを掲げてみせた。

「……乾杯」

何にだ、と思いつつも唱和しグラスに伸ばした佐久間の手が、続く流田の言葉を聞き、ぴたりと止まる。

「幸せなお前の結婚生活に」

「…………」

佐久間が固まっている間に流田は一気にビールを飲み干すと、ああ、おいしい、と笑いかけてきた。

「飲めよ」

「あ？　ああ……」

促され、グラスを手に取ったものの、口に運ぶことができずにいた佐久間を暫し見つめたあと、

「ああ、そうだ」

流田は何かを思い出した顔になり、やにわに立ち上がった。

「お前に見せたいものがあったんだった」

「え？」

何を、と問うより前に腕を摑まれ、立ち上がらせられる。

「なに？」

「この前来たとき、話題に出ただろう？　それで思い出したんだ」

言いながら流田は佐久間の腕を引き、部屋を出て隣の居間へと向かった。

「ほら」

パチ、と流田が照明のスイッチを入れる。

「……あ……」

佐久間の口から驚きの声が漏れた。煌々《こうこう》とした明かりに照らされた室内で、その存在をこれでもかというほど主張していたのは――時期はずれの雛人形だった。

お内裏様にお雛様、三人官女と五人囃子《ばやし》に、菓子入れや牛車、それに右大臣左大臣と思《おぼ》しきの人形二体が飾ってある五段飾りで、人形一つ一つの大きさが佐久間の知る雛人形の倍くらいある。

衣装の豪華さといい、人形の顔立ちの品のある様といい、きっと名のある人形師の作なのだろうと感心していた佐久間は流田が喋り出したときにようやく我に返った。

「清さんが帰ってきたあとに、手伝ってもらって物置から出してみたんだ。なんで今頃とぶつぶつ文句は言われたけれど、お前にあげたいからといったら俄然《がぜん》張り切ってくれたよ」

「……俺……に？」

どうして、と問い返した佐久間に、流田が、なぜそうも当然のことを聞くのか、と言いたげに目を見開き答えを返す。

「お前に女の子が生まれたら、飾ってもらおうと思ったんだよ。今や人間国宝になっている人形師の作だそうだ。それにほら、あの三人官女の真ん中の子、あれ、お前に似ていないか？」

清さんも似ていると言っていた、と屈託なく笑う流田の顔を見ているうちに、佐久間の胸にたまらない気持ちが募ってきた。

「気が早いかなと思ったけれど、ハネムーンベビーだとすればそう早くもないか」

ははは、と流田が笑う。

「違う！」

自分でも驚くような高い声が喉《のど》から漏れた、と思った次の瞬間、佐久間は流田に抱きつき、強引に唇を塞《ふさ》いでいた。

「…………」

流田が驚いたように目を見開き、佐久間を見下ろす。

だが彼は佐久間の腕を振り払うことも、顔を背けて唇を避けることもしなかった。

それが許容の証《あかし》であるという保証はない。単に驚き、または戸惑い、反応が遅れているだけかもしれないとはわかっていたが、佐久間は敢えて、拒絶されているのではないと自らに言い聞かせると、両手でしっかりと流田の後頭部を押さえ込み、尚も唇を塞ぎ続けた。

歯列を割るようにして舌を口内に挿入させ、流田の舌を求めて絡ませる。きゅうと吸い上げると流田は、びく、と身体を震わせたものの、やはり抵抗することはなく、佐久間の舌に己の舌を絡め吸い上げ返してきた。

「……ん……っ」

よかった——その瞬間、佐久間は泣き出したくなるほどの安堵を得、両手を佐久間の背に回すと、ぎゅっと抱き寄せようとした。流田の両手も佐久間の背に回り、強い力で抱き寄せられる。

「……あ……っ」

押し当てられた流田の下肢は熱く、雄の硬さを佐久間に伝えてきた。己の雄もまたすっかり硬くなっていることを悟られているだろうと思うと羞恥《しゅうち》がこみ上げてきたが、それでも佐久間は自ら腰をすり寄せ、敢えて己の下肢の熱を流田に伝えようとした。

「…………」

流田がはっとしたように目を見開き、佐久間を見下ろす。その顔にますます欲情を煽られ、

尚も下肢をすり寄せようとしたそのとき、不意に唇が外された。

「悪い。どうかしていた」

流田が苦笑し、佐久間の肩を摑んで身体を自分から引き剝《は》がす。

「流田」

できることならこのまま『どうかしてい』てほしい、と佐久間は再び流田の胸に飛び込もうとしたが、肩に置かれた流田の両手がそれを阻んだ。

「土産、ありがとう。早速今夜にでも飲ませてもらうよ」

それじゃあ、と流田が微笑み、ぽん、と佐久間の両肩を叩いたあとに、その手を離す。

「流田」

「奥さん、待ってるんだろ？　早く帰ったほうがいい」

佐久間の呼びかけに流田はそう答えると、先に立って玄関へと歩き始めた。

「流田」

「今度、新居に呼んでくれ。何か手土産を持っていくよ。雛人形は気が早いと奥さんに呆れられそうだから、それなりに新婚家庭に相応しいものを」

何がいいかな、と笑う流田の背を、佐久間は再び抱き締めようとしたが、すっと流田に身体をかわされ、はっと我に返った。

「またな」

到着した玄関で、流田が佐久間に向かい靴べらを差し出してくる。

「………」

帰れ、ということかと察せざるを得ず、佐久間は項垂《うなだ》れたまま靴を履き、靴べらを流田に返した。

「それじゃあ」

「……うん……」

流田の顔には相変わらず、屈託のない笑みがあった。彼にとっては最早、自分とのことは過去の出来事というカテゴリに入っているのだろうと悟らざるを得ないその笑顔に酷く傷つく思いを抱きながらも、そうなったのもすべて自分の責任だという自覚もあった佐久間は流田を詰ることもできず、小さく頷き玄関のドアノブを摑んだ。

「またな」

「……うん……」

明るく笑う流田に、笑顔を返せた自信はなかった。心が傷つき、その傷の痛みに悲鳴を上げている。今にも泣きそうな自分を必死で律しながら佐久間も頷き返すと、ドアを開き外に出た。

背中でドアを閉め、はあ、と大きく息を吐き出す。

もう、流田との関係は終わったのだ。終わったというよりも『友人』としての新たな関係が築かれている。いい加減納得しなければ、と自身に言い聞かせながらもたれていたドアから身体を起こし、足を前に進める。

数歩進んだ佐久間の脳裏に、流田の言葉が過《よ》ぎった。

『それにほら、あの三人官女の真ん中の子、あれ、お前に似ていないか？』

切れ長の目をした雛人形の顔が浮かんだ次の瞬間、流田は踵《きびす》を返し、流田の家の玄関へと引き返していた。

少しも似ているところのなかった人形の顔に、流田は自分の顔を見出《みいだ》した。そのことにはなんの意味もないかもしれない。だが自分はそこに意味を見出したいのだ。その思いを佐久間はもう、抑えきれなくなってしまったのだった。

呼び鈴は鳴らさなかった。ドアを開き、まず応接間に駆け込む。無人であることがわかると佐久間は次に、居間へと向かって駆けだした。ノックもなくドアを開いた先、雛人形の前に佇んでいた流田が佐久間を振り返り、微笑みながら尋ねてきた。

「どうした？　忘れ物か？」

「ああ」

頷き、真《ま》っ直《す》ぐに流田へと駆け寄ると、身体をぶつけるようにして彼に抱きつく。

「どうした」

「抱いてくれ」

問われる声と求める声が重なって響いた。びく、と佐久間の腕の中で流田が身体を震わせたのがわかる。

「……抱いてくれ。頼む」

流田が拒絶の言葉を口にするより前に、と佐久間はそう訴えかけ、ぎゅっと流田の身体を抱き締めた。流田が何か言おうとする気配を察すると佐久間は、更に強い力で抱き締めることで、言葉を封じようとした。

「頼む」

再び繰り返し、ぎゅうっと流田の身体を抱き締める。と、流田の両手が上がり、佐久間の背を抱き返した。

「…………」

ああ、と安堵の息を吐く佐久間の耳元で、流田の声が響く。

「二階に行こう」

「……うん」

甘い声音《こわね》に、ぞくぞくした感覚が背筋を上っていくのがわかった。既に自分の雄が勃《た》っていることを自覚しつつ佐久間は大きく頷くと、流田の背から腕をいったん解き、彼の胸に身体を預けたのだった。

「ん……っ……んん……っ」

久々の行為に佐久間はすっかり舞い上がっていたが、流田はずいぶんと冷静だった。

寝室に鍵をかけ、佐久間をベッドに導いたあと、彼を裸に剝《む》いてからその胸に顔を埋《うず》めてきた。

片方の乳首を口で、もう片方を指先で苛《いじ》められる。きつく乳首を摘《つ》まれ、もう一つに歯をたてられた瞬間、佐久間は高い声を漏らし、大きく身を捩って享受する快楽の大きさを流田に伝えようとした。

妻となった女性と、婚前交渉はなかった。新婚旅行先で初めて身体を重ねたが、自分が少しも昂《たか》まらないことに佐久間は戸惑いを禁じ得なかった。

流田とのセックスでは、めくるめく快感を味わうことができる。なのになぜ、と狼狽《ろうばい》すればするだけ快楽は遠のき、なんとか義務を果たすのが精一杯で、自分が快感を得ることなどまったくできなかった。

なのに今、乳首を少し弄られただけで、こうも感じ、勃起している自分が信じられない。抱くほうよりも抱かれるほうに慣れてしまったのかも、と佐久間は考え、すぐに、それは違うなと気づいた。

気持ちの問題だ。自分の思いがどこにあるのか、それを思い知らされた佐久間は狼狽したあまり、結びかけた思考を解き放ち、行為に没頭しようとして両手両脚で流田の背にしがみついた。

「………」

流田が顔を上げ、佐久間をじっと見上げてくる。

「……はやく……っ」

焦りが佐久間を大胆にした。腰を突き出し挿入をねだる。

「すぐには無理だよ」

くす、と流田は笑うと背に腕を回して佐久間の手脚を解《ほど》かせ、すっと身体を起こした。

「や……っ」

まさか中断する気かと両手を伸ばした佐久間に流田はまた、くす、と笑い、首を横に振る。

「違うって」

言いながら流田が佐久間の両脚を抱え上げ、高く腰を上げさせた。

「やだ……っ」

明るい中、恥部を晒《さら》される羞恥に身を捩《よじ》りつつも佐久間は、自分の脚の間から、流田がそこへと顔を埋めてくるのをぞくぞくしながら眺めていた。

「ひゃっ」

両手で双丘《そうきゅう》を摑まれ、広げられたそこに流田が舌を這《は》わせてくる。ざらりとした舌で入り口を舐《ねぶ》られ、内壁が早くもひくつき始めた。

こうして身体を合わせるのはどのくらいぶりになるだろう。自身の身体が流田の愛撫《あいぶ》をこうも待ちわびていたという事実が佐久間に感慨を与えていた。

「や……っ……あっ……あぁ……っ」

ひくつく内壁をさんざん舐られたあと、ぐっと指を挿入される。内壁が更にざわめき、指を奥へと誘うのがあからさますぎて、恥ずかしくてたまらなくなった。

「や……ん」

指を逃れようと腰を捩る。そんな仕草も、そして唇から漏れる声も、誘っているとしかいいようがないことがまた恥ずかしく、佐久間は両手で顔を覆った。

「しっかり解《ほぐ》さないと。随分と久しぶりだからね」

佐久間の耳に流田の声が響く。彼もまた興奮しているのかいつも低いトーンのその声は少し上擦っていた。

どんな顔をしているのか気になり、指の隙間から見下ろした先、じっと自分を見上げていたらしい彼と目が合い、いたたまれなさから再びぎゅっと目を閉じる。

「何をやっているんだか」

ぷっと流田は吹き出したものの、指の動きは止まらず、本数を二本に増やして佐久間の中をまさぐり続けた。

「もう……っ……あっ……」

指では物足りない。早く奥まで突いてほしい。次第に肌が汗ばみ、鼓動が高鳴ってくる。身体の中でくすぶる欲情の焔《ほむら》はじんわりと内側から佐久間の肌を焼き、いつしか全身にその熱は広がっていった。

「あつ……っ……あっ……あぁ……っ」

吐く息も熱ければ、声を発する唇も熱い。脳までとろけそうに熱くて、何も考えられなくなった。

「早く……っ……早く、きてくれ……っ」

熱に浮かされたまま、己のもっとも欲する行為を、腰を突き出して求める。もしも今、佐久間に少しでも冷静さが戻ったら、そんな自分の姿に、獣じゃないんだから、と自己嫌悪を覚えただろうが、幸いなことに彼が冷静さを取り戻すより前に流田が動いた。

「あっ」

指が引き抜かれ、両脚を抱え直される。朦朧《もうろう》とした意識の中、薄く目を開いた佐久間は、流田が勃ちきった逞《たくま》しい雄を自分のそこへと押し当ててきた画《え》に歓喜の声を上げた。

「あぁっ」

ずぶ、と先端がめり込むようにして佐久間の中に挿《はい》ってくる。待ち望んだその感覚に佐久間の身体は震え、自然と両手が流田に向かって伸びていった。

ぐっと腰を進めてきた流田の背をしっかりと抱き締める。

「動くよ」

流田の声は優しかったが、切羽詰まっているようにも聞こえた。

「うん」

頷きながらまた佐久間は流田がどんな顔をしているのか見たくなり、目を開いて彼を見上げた。

「…………」

佐久間を見返す流田の頬が紅潮し、瞳が酷く潤んでいる。

「やばい……すぐにもいきそうだ」

目がしっかりと合うと、流田はそう言い、少し照れたように笑ってみせた。

「……俺……も」

笑い返したものの、佐久間はなんだか泣きそうな気持ちに陥っていた。流田もまた、泣くのを堪《こら》えているのではないかと思えて仕方がなく、両手両脚でぐっと彼の背を抱き締める。

「それじゃ動けないよ」

ふっと笑った流田のこめかみに一筋の涙が伝わった。汗にも見えるそれを唇で受け止めたくて、佐久間は無理矢理半身を起こしたのだが、流田はキスを求めていると思ったらしく、唇を塞いできた。

「ん……っ」

意図とは違ったが、合わせた唇の熱さが佐久間の胸をも熱く焦がし、ますます泣きたい気持ちになった。

「はやく……っ」

泣き顔を見られるのは恥ずかしい、と、自らキスを中断し、突き上げを促す。

「わかった」

任せろ、と流田は微笑むと、再び仰向けに寝ころんだ佐久間の両脚を抱え直し、やにわに律動を開始した。

「あっ……あぁっ……あっあっあーっ」

あっという間に佐久間の身体は熱を取り戻し、欲情が彼の思考を奪った。

内臓がせり上がるほど奥まで、そして激しく腰を打ち付けてくる流田の動きに、一気に快楽の頂点へと上り詰めさせられる。

二人の下肢がぶつかり合うときに立てられるパンパンという高い音が、佐久間のよがり声と共に流田の寝室に響き渡った。

「もう……っ……あぁ……っ……もう……っ」

早くも限界を覚え、佐久間が激しく首を横に振る。

「早いよ」

苦笑する流田の声が聞こえたような気がしたが、言い返すような余裕は欠片《かけら》も残っていなかった。それがわかっているのか、流田はまたも苦笑すると、佐久間の片脚を離して二人の腹の間で勃ちきり破裂しそうになっていた雄を掴み、一気に扱《しご》きあげてくれた。

「アーッ」

高く声を上げ、佐久間が達する。

「……っ」

ほぼ同時に流田も達したらしく、佐久間の上で伸び上がるような姿勢になった。

ずしりとした精液の重さを中に感じた瞬間、堪えていた涙が佐久間のこめかみを流れた。

「……どうした？」

流田が問いかけながら、先ほど佐久間がしようと思ったのと同じ行為を――こめかみに唇を押し当て、涙を吸い上げてくる。

「……汗、だよ」

ばればれだろうと思いながらも、そう告げた佐久間に、流田がくす、と笑った。

「しょっぱい」

「……汗だもの」

汗だろうが涙だろうがしょっぱいことにかわりはない。そんなことは佐久間も承知であっ

たが、敢えてそう言い放つと、流田は、

「そうか、汗か」

と笑いながらも、細かいキスを佐久間のこめかみに、瞼《まぶた》に、頬に落としてきて、ますます佐久間の涙腺を刺激した。

たまらず彼の胸に顔を埋めた佐久間の耳元で流田がぼそりと呟く。

「……奥さんに悪いな……」

それを聞いた瞬間、佐久間の胸に罪悪感が急速にこみ上げてきた。

その罪悪感は妻に対するものではなく——流田に対するものだった。

「……ごめん……本当に……」

逃げ出してごめん。『世間並み』にこだわってごめん。その思いが佐久間の胸に溢《あふ》れ、涙が止まらなくなる。

「結婚してごめん……本当に……ごめん……」

泣きながら謝罪の言葉を繰り返す佐久間の耳に、流田の苦笑が響いたと同時に、ぐっと背中を抱き寄せられた。

「馬鹿だな。今更……」

しっかりと佐久間を抱き締め、髪に顔を埋めてくる流田の声も、背中に回った彼の手も余りに優しく、ますます涙が止まらなくなる。

「ごめん……」

尚も詫びる佐久間の耳に、流田が「ねえ」と囁《ささや》く。

「もう一回、やろう」

「…………」

それが彼なりの『気にするな』というアピールだとわかっていた佐久間は、涙に噎《む》せながらも、うん、うんと何度も頷き、流田の背を抱く腕に力を込めたのだった。

九月九日

「……はぁっ……あっ……あっ……」

高く声を上げ、髪を振り乱し、感じる悦楽の大きさを全身で表現しているかのような佐久《さく》間《ま》の身体《からだ》の奥を、流田《ながれた》の雄が深く抉《えぐ》る。

「あぁっ……あっ……あっ……あっ……」

抱えていた両脚が、まるで出来の悪い機械仕掛けの人形のようにびくんと真《ま》っ直《す》ぐに跳ね上がる。

「く……っ」

同時にきつくそこが締まり、痛みを覚えた流田が軽く佐久間の尻《しり》を叩《たた》いてやると、佐久間は薄《うっす》らと目をあけ焦点の合わない瞳を彼へと向けてきた。

「痛い」

「……や……っ」

普段の彼なら『文句言うな』の一言もあろうものだが、今日はそんな余裕もないようで、佐久間は律動をやめた流田を責めるように見上げると両脚を彼の背に絡ませ、尚《なお》もそこを締め上げてきた。

「なんだよ」

「やぁ……ん」

最近、喘《あえ》ぐ声に甘えの艶《つや》が出てきた佐久間はもどかしそうに腰を揺すると、流田の動きを誘おうとし、腰に回した脚にぎゅっと力を込めてきた。

「はいはい」

彼の脚を解かせて再び両手で抱え上げ、流田は更に奥深いところへと己の雄を打ち込むべく腰を動かし始める。

「あっ……あっ……ああっ……あっ……」

待ちかねたその突き上げに、再び佐久間は髪を振り乱し、快楽の極みを摑《つか》みとろうとでもするかのように、両腕を真っ直ぐに流田へと伸ばしてきた。身体を落としてやると、佐久間の手は迷わず流田の首の後ろへと回り、ぐいと自分の方に引き寄せようとする。

くちづけを求めているのだとわかったが、敢《あ》えて流田は彼に唇を与えず、解剖するカエルさながら更に彼の両脚を開かせた。

「……やっ……ああっ……あっ……あっ……」

キツい体勢を好む佐久間は、無理に脚を開かせたり、腰を高く上げさせたりすると、いつも以上に激しく乱れる。

ソフトであればSMもいけるかも、などと冗談めかして誘ってみると、必ず嫌な顔をする佐久間ではあるが、実は相当に被虐の気があるのではと流田は見ていた。

腰の動きはそのままに、流田は更に彼の脚を大きく開かせ、苦痛に眉《まゆ》を顰《ひそ》めながらもどこか恍惚とした表情を浮かべている佐久間の顔を見下ろした。

「あぁっ……あっ……あっ……あっ」

流田の視線を感じるのか、佐久間はいやいやをするように首を振り、ぐいと彼の身体を引き寄せようとする。薄く開いた唇の間から覗《のぞ》く、舌先のあまりに淫蕩《いんとう》な紅《あか》さが流田を更に煽《あお》り立て、くちづけを与えるより前に滾《たぎ》る欲情をぶつけようと彼を一層激しく突き上げ始めた。

「あっ……あっ……あっ……」

佐久間の背が大きく仰け反り、無理やりに開かせた脚がびくびくと震える。脚だけでなく、全身が大きく震えたと思った途端、二人の腹の間に生暖かな感触が広がり、流田は彼が達したのを知った。

「ぁ……ん」

遅れたか、と思いつつ、流田もぐい、と腰を突き出し彼の中に己の精を発する。はあはあと上がる息で薄い胸を上下させていた佐久間が、両手両脚で彼の背を抱き締めながら恨みがましい目を向けてきた。

「……」

「なに？」

「………」

ぐい、と身体を引き寄せられたと思った途端、唇が流田の唇に押し当てられる。息苦しいのか、唇はすぐに離れていったが、流田が身体を起こそうとすると、またぐい、と佐久間は彼の背を抱き寄せ、無理やりに唇を塞《ふさ》いできた。

「?」

なんなんだ、と表情を見ようと身体を起こした途端、ずる、と佐久間の後ろから萎《な》えた流田の雄が抜ける。

「あ……ん」

もどかしそうに腰を捩《よじ》った佐久間は、それでも尚、流田と唇を合わせようとまた彼の背を抱き寄せてきて、一体どうしたんだ、と流田は無理やりに身体を起こすと、

「『なに』?」

と、真っ直ぐに佐久間を見下ろした。

「なに?」

はあはあと整わぬ息の下、佐久間が欲情の名残《なごり》を示す潤んだ瞳を向けてくる。

「今日はやたらとキスしたがるな」

「……そうか?」

無意識の所作だったらしい。心底意外そうな彼のリアクションに、流田は思わず苦笑し自ら彼の唇に唇を寄せた。そのまま濃厚なくちづけに持ち込もうとすると、佐久間は、

「苦しい」

と顔を背け、流田の胸を押し上げてくる。

「天邪鬼《あまのじゃく》」

「どっちが」

呆《あき》れたように笑った佐久間は、さてと、と掛け声をかけると、更に流田の胸を押し、ベッドの上で身体を起こした。流田もつられて身体を起こす。

「なんだ、帰るのか?」

「うん」

全裸のまま、部屋に直結しているバスルームへと向かおうとするその華奢《きゃしゃ》な背中に流田は腕を伸ばした。肩を掴んで振り返ったところを、そのまま己の方へと抱き寄せる。

「……天邪鬼」

くす、と笑った佐久間の身体を抱えてまたベッドへと座り込み、後ろから彼の身体を弄《まさぐ》り始めた流田に大人しく身を任せていた佐久間の息遣いが次第に切なげに乱れてくる。

「ん……んんっ……」

肩越しに振り返り、やはりくちづけをねだるように唇を寄せる佐久間に流田は、

「ほらな」

と目を細めて笑うと、顔を寄せ、軽く唇を合わせた。

「……さっき、してくれなかったからさ」

口を尖《とが》らせるようにして佐久間は自分から流田にキスすると、そのまま彼の上から立ち上がり、今度こそ本当に浴室へと向かって行った。

「天邪鬼だねえ」

「どっちがだ」

ぼそりと呟《つぶや》いた流田の声が聞こえたらしい。入口で佐久間はじろりと睨《にら》むと勃《た》ちかけたそれを手で隠すようにしてそのまま浴室へと消えた。

「そっちだろう」

くす、と一人流田は笑うと、ごろりと二人の精液に塗《まみ》れたシーツの上に寝転んだ。


「そういや今日は重陽《ちょうよう》の節句だったな」

身支度を整えた佐久間が、全裸の流田が寝転がるベッドの端に腰掛け、彼を見下ろしてきた。

「ああ、『菊花の契《ちぎ》り』か」

勢いをつけて半身を起こした流田が佐久間のスーツの背を抱き寄せる。

若い頃、二人の間で九月九日がなんの節句か、ちらと話題に出たことがあった。そのときには『面倒くさい』と調べなかったが、あとからそれぞれにネットで検索したことが何かの拍子にわかり、気が合うなと笑い合ったものだった。

だが調べたのが随分前のため、うろ覚えになっていたらしい佐久間が記憶を辿《たど》りつつ言葉を続ける。

「なんだっけ。九月九日に一緒に酒を飲む約束をしたのにその日に行かれないから、魂になってきましたっていう話だったか？」

「よく覚えてるな」

濡《ぬ》れた髪に顔を埋《うず》める流田の胸に寄りかかるようにして身体を預け、佐久間は、まあね、と得意そうに笑った。

「魂になったら酒も飲めまいに、と思ったからさ」

「そういう話じゃないだろう」

あはは、と流田は笑うと、さすがは佐久間だ、と後ろから彼の顔を覗き込む。

「理系というかなんというか……魂になっても会いたいと思った気持ちがわからないとはね」

「理系で全部片づけるなよ」

お前だって理系だろう、と佐久間は肩越しに流田を振り返り、軽く睨む真似をした。

「まあ俺も、魂だけ来てもらっても困る派ではあるが」

「……どうせやらしいことでも考えてるんだろう」

「ご明察」

にっと笑った流田に、佐久間は呆れたように溜《た》め息《いき》をつくと、さてと、とまた掛け声をかけて身体を離し、ベッドから立ち上がった。

「それじゃ、また」

「おう」

軽く手を振り、そのままベッドに戻ろうとした流田の耳に、ドアを出る直前の、佐久間の小さな声が微《かす》かな溜め息とともに響いた。

「……魂だけでも、か」

「魂も身体も一緒に来い」

「え？」

独り言のつもりだったのだろう、それに答えた流田を佐久間は驚いた様子で振り返った。

「『重陽の節句に』とか『この日』に、なんて約束はしないから。お前の来られるときに、身体ごとやって来い」

「…………」

佐久間の顔が僅《わず》かに歪《ゆが》んだ。そのまま二人、言葉もなくじっと見つめ合う。

「……やっぱり身体も必要なんじゃないか」

泣き笑いのような顔で、佐久間が悪態をついてみせる。

「おいで」

両手を広げた流田に、佐久間は、

「馬鹿か」

と言いながら、ドアを閉め真っ直ぐに歩み寄ってきた。

「天邪鬼だな」

「どっちが」

そのまま互いの身体に両腕を回し、二人してベッドの上で抱《いだ》きあう。

『魂』も『身体』も本来属するべき場所を他に持つ佐久間の華奢な背中を、その胸の葛藤《かっとう》ごと受け止めてやろうと、流田は彼の背を力強く抱き寄せる。

「折角だから契りの酒でも飲むか」

「馬鹿か」

呆れた口調で言い捨てた佐久間の声が微かに震えを帯びていることにまるで気づかぬふりをしながら、流田は尚も強い力で愛《いと》しい背中を抱き締め続けた。

一月一日

1

もうじき年が明ける。紅白を観る慣習のない流田《ながれた》は、大晦日《おおみそか》の夜にすることもなく、いつものように応接間のソファで寝ころび本を読んでいた。

玄関のドアが開く音がしたのに気づき、身体《からだ》を起こす。

流田が家に鍵をかけないのはいつものことであったが、最近は世の中もより物騒になってきたので、施錠は必ずしてください、と清《きよ》に言われていたのを忘れていた。

大晦日に泥棒と遭遇するとは、年の最後に運が悪いというかなんというか。警察もご来光や初詣《はつもうで》に大挙して押し寄せる人たちに掛かり切りだろうに、と溜《た》め息《いき》をつきつつ、さて、泥棒の顔でも拝んでやるかとドアへと向かいかけたとき、そのドアが開き、思いもかけない人物が中に入ってきた。

「やあ」

今日が大晦日でなければ、予想どおりの登場といっていいその人物が、手に下げたコンビニの袋を掲げてみせる。

「『やあ』って、なんで？」

思わず問いかけた流田に、

「何って、年越しそば」

と真顔で返してきたのは佐久間《さくま》だった。

「そば?」

「清さんがいなきゃ、お前、この手のモンは食わないだろ?」

ビールも買ってきたから食堂に行こう、と顎《あご》をしゃくった佐久間に大股《おおまた》で歩み寄り、腕を摑《つか》む。

「なんで?」

先ほどと同じ問いを繰り返した流田に佐久間は苦笑するように笑うと、

「ともかく、食堂に行こう」

と流田の手を振り払い歩き始めた。

「ちょっと待てよ」

時刻はまもなく夜の十一時半を回ろうとしている。この日、この時間は世の中のおおかたの人間が、家族と共に過ごしているに違いない。

佐久間にもしっかり『家族』はいるだろうに、なぜ、と彼のあとを追い廊下を進む流田の脳裏に、前々日の佐久間とのやりとりが蘇《よみがえ》った。

仕事納めだった、という佐久間が流田宅を訪れたのは、深夜近い時間だった。

「清さんは？　さすがに寝たのか」

納会に出たので少々酔っている、という佐久間のために流田がビールとつまみを出してやると、赤い顔をした彼が周囲を見回しながらそう問いかけてきた。

普段、縦のものを横にもしない流田が働いていたため覚えた疑問らしい。

「息子さんのところに二人目が生まれるとのことで、手伝いに帰ったよ」

正月に留守にするのは本当に申し訳ない、と深く深く何度も頭を下げていた彼女を思い出しつつ答えると、

「お正月に生まれるのか」

めでたいというか迷惑というか、と酔っぱらい特有の大きな声で佐久間は笑うと、流田が差し出してやった缶ビールを「サンキュ」と受け取った。

「清さん、いつ、帰ってくるんだ？」

「さあ、当分は帰ってこられないんじゃないか？」

いつまでという期日は言われなかった、と答えた流田に、

「別の家政婦さんが来るんだ？」

と佐久間が問う。

「清さんも随分手を尽くしてくれたんだが、年末年始ではさすがに見つからなかった。なに、コンビニもファミレスもあいているし、正月期間くらいはなんとかなる」

四日から来てくれるそうだ、と続けると佐久間は何か言いたげな顔になったが、すぐ、

「そうなんだ」

と相槌《あいづち》を打ち、缶ビールのプルトップを上げ、ごくごくと飲み干し始めたのだった。

清の不在を知っていたから、年越しそばを届けにきた——？

ありがたい話ではあるが、気遣ってもらう必要はない。

毎年年越しは清と二人でするものの、テレビ番組を見たがる彼女とは別々の部屋で過ごしていたので、それこそ年越しそばやおせち料理がないくらいで、今年も普段の年末年始とそう変わるものではなかった。

何より、間もなく年が明けるというときに、こんなところで過ごしていていいのか、と流田は、勝手に食堂のテーブルについてコンビニの袋をがさがさと探っている佐久間の前に立ち、声をかけた。

「好意はありがたく受け取るが、お前はもう、家に帰れよ」

「追い返すなよ。俺も一緒に食べようと思って買ってきたんだから」

ほら、と佐久間が流田に、電子レンジで温めるタイプのそばを差し出してくる。

「お前、レンジ使えるか？」

「そのくらい、できるに決まっているだろう」

どれだけ家事に疎いと思っているんだ、と少々むっとしつつも流田は手を伸ばしそばを受

け取る。

「じゃあ、俺のも一緒に頼む」

二つ目のそばを出してきた佐久間を前に流田は首を横に振った。

「帰れ」

「追い返すなよ。それよりそろそろ紅白、終わる頃じゃないか。オオトリ誰かな。テレビ観ようぜ」

はい、と佐久間が流田に強引にそばを押しつけると、

「居間に行ってる」

と言葉を残し食堂を出ていってしまった。

「おい」

背に呼びかけても振り返りもしない。まったくどういうつもりだと溜め息を漏らした流田の頭に、もしや、と過《よ》ぎる思いがあった。

今夜、佐久間の妻は不在なのではないか。

大晦日や正月に家を空ける理由はおそらく――清が息子に呼ばれた『それ』と同じで、佐久間の妻が妊娠し、実家に戻っているのではないかと、流田は思いついたのだった。

自分に子供ができたことを打ち明けるために、佐久間は訪ねてきたのかもしれない。

『かもしれない』ではなく、きっとそうなのだろう、と心の中で呟《つぶや》いた流田の口からは、我

知らぬうちに深い溜め息が漏れていた。

佐久間が結婚して二年、間もなく三年になろうとしている。妻は彼より——そして自分よりも一歳年上ということだったから、そろそろ子供を、と考えても少しもおかしくなかった。ある程度の覚悟はつけていた。なんといっても佐久間は『世間並み』を求めて結婚を選んだ男だ。何をもって『世間並み』とするかはそれぞれの価値判断によるだろうが、流田の思う『世間並み』は、結婚したのであれば子供も欲しいと思うだろうな、というものだったため、いつかは佐久間にも子供ができるに違いないと考えていた。

しかし実際、直面するとなかなかにショックなものだな、と天を仰いだ流田だったが、まずは『おめでとう』を言ってやらねば、と気持ちを切り替え、そばを温めるべく電子レンジへと向かった。

二ついっぺんに温められるかわからなかったが、まあなんとかなるだろうと、説明書きを読み、七味の袋などを外してから時間をセットする。

回る電子レンジ内のオレンジの光を眺めている間も、ふと溜め息を漏らしている自分に気づき、女々《めめ》しいぞ、と流田は自嘲《じちょう》した。

子供ができたというのなら、その子に全財産を譲ってやろう。

ああ、いや、清には少し残したいので、その分を除いたすべてだ。

その代償として佐久間を自分と同じ墓に入れてもらうというのはどうだろう。

そんなことをぼんやりと考えていた流田は、電子レンジのチン、という音にはっと我に返った。

「……馬鹿馬鹿しい……」

苦笑し、電子レンジの扉を開く。

「あちち」

こぼさないように心がけつつ、どうやら熱しすぎたらしいそば二つを取り出すと、大きめの盆に載せ、箸と一緒に居間へと運んだ。

そばを食べ終わったら、佐久間は打ち明け話をするだろう。

『子供ができた』

告白されたとき、微笑《ほほえ》む練習をしよう、と口元を引き締める。

「おめでとう」

声に出し、小さく呟いてもみた。よし、声音《こわね》も優しげだし、声が震えることもない。と一人頷《うなず》いた自分に対し、また、馬鹿馬鹿しい、と密《ひそ》かに笑う。

佐久間の告白には、すっかり耐性ができているはずだった。

結婚すると打ち明けられたときも、『知っていた』と微笑むことができた自分を、あとから流田は、よく耐えたと自画自賛したものだった。

出会ったその日から強烈に惹《ひ》かれていた彼と、恋人同士になれるとは思ってもいなかった。

初めて関係をもった日の夜は、少しも眠ることができなかった。大半が嬉《うれ》しいからであったが、手にしたあとには必ず喪失を迎える可能性が出てくる。得難いものを得たあとには失うことを恐れるのは仕方のないことである。

流田は常に、その覚悟を固めていた。それだけに佐久間の結婚をなんとか受け止めることができていたのだが、その絶望からあっという間に立ち直ったあとには、失うことに対し前以上に恐れを抱《いだ》くようになった。

恐れていたというのに、佐久間の結婚は二人の関係を途切れさせるまでには至らなかった。背徳感はあったものの、付き合い自体は自分たちのほうが長いと無理矢理思い込むことができた。

だが子供ができたとなると、話は別だった。

妻に対しても勿論《もちろん》罪悪感はある。だが子供に対する罪悪感はその比ではなかった。

今日が彼と過ごす最後の夜になるのかもしれない。

年が変わる最終日にラストを迎える。それはそれで思い切りがつきそうだ、と苦笑した流田は、もしや佐久間もそれを狙って大晦日に訪ねてきたのかもしれないと思いつき、なるほどね、と一人頷いた。

「できたぞ」

居間では佐久間がテレビの前のこたつに入り、肘《ひじ》をついて紅白を観ていた。

「この歌手、オオトリ何回目だよ」

サンキュ、と盆から卓の上におろしたそばを受け取りながら、佐久間がテレビ画面を示してみせる。

「さあ、紅白は滅多に観ないから」

「そういやそうだった。お前、国民行事っぽいもの、興味ないよな」

水戸黄門も観たことないって言ってたっけ、と笑いかけてくる佐久間に、

「水戸黄門は国民行事じゃないだろう」

と笑い返しながら流田は、彼はいつ、言い出す気だろうと探る目で見やってしまった。

「年越しそば。清さんが作るのとは雲泥の差だけど、仕方がない」

これも『国民行事』だから、と、適当なことを言い佐久間がそばをすする。

「国民行事の使い方、間違ってる気がするんだけど」

「固いこと言わないの」

流田もまたそばをすすり、二人の間でどうということのない会話が続いた。

「赤と白、どっちが勝つかな」

「興味の欠片《かけら》もないな」

うきうきと問いかけてくる佐久間を一刀両断、斬《き》って捨てる。

「賭《か》けよう。俺は白」

「僕も白」

「早いもん勝ちだ。お前、赤な」

「何を賭けるんだよ」

「それは勝ってから決める」

馬鹿げたやりとりをしているうちに、白組勝利で紅白は終わった。

「勝った」

「賭なんてしていない」

「卑怯《ひきょう》だなあ」

「卑怯はお前だろうに」

まったく、と溜め息をつき、佐久間の頭を小突《こづ》く。

「いて」

屈託なく笑っているはずの彼の顔が、緊張のあまり強張《こわば》っていることに、随分前から流田は気づいていた。

「ゆく年くる年、始まった」

ゴォン、という鐘の音がテレビから響いてきたのに、佐久間の視線が画面に移る。

「近くの寺でも鳴らしているよ」

「本当?」

佐久間がテレビを消したと同時に、微《かす》かに鐘の音が聞こえた。

「本当だ」

「嘘なんか言うかよ」

苦笑した流田に「そうだよな」と佐久間が笑う。

暫《しば》しの沈黙が二人を包んだ。

「なあ」

食べ終わったそばのプラスチック容器を横に押しやり、流田が佐久間の顔を覗《のぞ》き込む。

「え？」

鐘の音に耳を澄ませていた——否、そのふうを装っていた佐久間は、ぎくりとしたような素振りをしつつ流田を見返した。

「なに、言いに来た？」

話しやすい環境を整えてやろう。彼の口を滑らかにするために、と流田がじっと佐久間の目を見つめ問いかける。

「…………実は…………」

佐久間がいたたまれないといった様子で目を伏せ、ぼそ、と口を開いた。

いよいよだ——。

微笑む準備をしなくては、と口角をきゅっと上げ、佐久間の言葉を待っていた流田の耳に、遠く除夜の鐘の音が響いてくる。

長年続いた『煩悩』とも、今日で別れを告げることになる。この鐘の音が響いている間にどうか別れを切り出してくれ。

心の中でそう祈りつつ、言いよどんでいる佐久間に、

「『実は』？　なんだ？」

と先を促した流田の目の前で、佐久間がすっと顔を上げ、口を開いた。

「離婚した」

「……え？」

想定外の言葉を聞き声を失う流田に、再び佐久間が同じ言葉を繰り返す。

「さっき、役所に離婚届を出してきた」

「……どうして……」

今や流田の頭の中は、真っ白になってしまっていた。

子供ができた、だから別れよう――そう言われることを予測し、笑顔で受け入れる覚悟を決めていたというのに、佐久間は離婚したという。

何がどうなっているのかわからない。少しも思考力が働かないでいた流田の前で、佐久間がぽつぽつと状況を説明し始めた。

「もともと、愛情はお互いなかったんだと思う。美奈子《みなこ》は――妻は、つらい会社勤めから逃

れる手段として結婚を選んだだけだったし、俺は俺で、世間から逸脱したくないというだけの理由で、世間並みに結婚を、と考えただけだった。お互い打算であることには、結婚する前から気づいていたけれど、それを指摘する勇気はどちらも持ち合わせていなかった。月日が過ぎるうちになんとかなるんじゃないかと、二人して楽観視していた。でも、最初からないものはどうにもならなかった。俺も——それも妻も、相手を愛したことがなかったんだ」

「…………………」

ようやく佐久間の話が頭に入るようになってきたが、それでも流田はこれが現実と信じることができずにいた。

「二年……いや、ほぼ三年、かかった。お互い、相手が切り出すのを待ってたんだ。それは別に、離婚に好条件を求めていたわけじゃなく、なんていうか……そう、自分で決めたくなかった。そんな感じだった。だから俺が離婚したいと切り出したら、二つ返事で彼女もＯＫしたよ。本当ならもっと早くに決着をつけるべきだったんだろうな。彼女にとっても申し訳なかった。無駄な三年間を過ごさせてしまった」

「……よく……わからないよ」

理解は追いついたとはいえ、これが現実とは思いがたい。そんな思いから流田はそう呟いてしまっていた。

「うん、俺もわかってないかも」

佐久間も苦笑し、首を横に振る。

「あ」

そのとき、佐久間が小さく声を漏らした。

「え？」

何、と流田が問いかける。

「今、アラーム鳴った。テレビ、つけていい？」

言ったと同時にリモコンを取り上げ、テレビをつける。

「0時0分だ」

佐久間はそう言うと、流田に向かい、ニッと笑いかけてきた。

「あけましておめでとう」

「あ？　ああ……」

確かに今、相応《ふさわ》しいのはその言葉だとわかっていながらも、応《こた》えることができない。頷く
に留《とど》めた流田に、佐久間が照れたような顔をし言葉を続けた。

「新年を一緒に迎えるのは、彼女じゃなくお前がいいと思った。来年じゃなく、今年を一緒
に迎えたい。だから今夜来たんだ」

真っ直ぐに己を見つめ、佐久間が告げる。

「佐久間……」

ようやく現実だと受け止めることができた流田の目に涙が滲《にじ》んできた。

やばい、泣きそうだ、と目を擦《こす》った流田だったが、佐久間にその手を摑まれ、はっとして彼を見た。

「ごめんな。時間かかって」

「何を……」

言うんだ、謝る必要なんてないんだぞ。

そう言ってやりたかったが、声にならなかった。こみ上げる嗚咽《おえつ》が言葉を喉《のど》の奥に押し込め、何も言えなくなってしまう。

「……今年も……違うな。これからも、ずっと末永く、よろしく」

片手で両目を押さえ、涙を見せまいとした流田の肩を叩《たた》き、佐久間がそう声をかけてくる。

「…………」

唐突に己の身に訪れた幸運をとても信じることができない流田は、尚《なお》も目を押さえたまま、その場で固まっていた。

夢なら覚めないでほしかった。この瞬間、死んだとしても悔いはない。むしろ死にたいくらいの幸福感に、今、流田は包まれていた。

「俺、流田が泣いているところ、初めて見たかも」

ぼそりと佐久間が呟き、流田の髪をくしゃりとかき回す。

「………泣いてないよ」

声がこうも震えてしまっては、嘘だとすぐ見抜かれる。何より顔を上げられない時点で嘘とわかるじゃないかと思いながらも流田は強がり、首を横に振ってみせた。

理由は自分でもよくわからない。照れくさかったからともいえるし、今後の二人の未来を思うと、泣いている場合じゃないと思ったせいもある。

一番の理由は、新年を迎えるにあたり、泣くよりも笑っていたほうがいいだろうと思ったことかも、と強く目を擦って涙を拭《ぬぐ》うと流田は顔を上げ、佐久間をじっと見返した。

「なあ」

「ん？」

佐久間が見てはいけないものを見たような顔になり、すっと目を伏せる。多分自分の目が赤いからだろうと察した流田は、それなら尚のこと、という思いの許《もと》、更に顔を近づけ、佐久間の目を覗き込んだ。

「せっかくだから姫はじめ、やろう」

「……馬鹿か……」

佐久間が呆《あき》れた声を出し、流田を見る。

「やろうよ」

ああ、やっと戻ってきてくれた。その思いがまたも流田の涙腺を刺激したが、泣くまいとぐっと涙をこらえ、佐久間に笑いかけた。

「……スケベ……」

佐久間がぼそりと呟き、ふいと目を逸《そ》らす。紅く染まる頬《ほお》を見やる流田の胸にはそのとき、もうこの瞬間にも死んでもいいという思いが再び沸き起こっていた。

2

「ん……っ……は……っ」

『姫はじめ』は冗談ではなく、流田は佐久間をすぐに寝室へと誘った。

互いに全裸になり抱き合う。合わせた唇も熱ければ、己の胸を這《は》う流田の手もやたらと熱い、と、いつも以上の高揚感を抱きながら佐久間は、同時に頭の隅で彼の家を訪れるまでのことを思い出していた。

離婚しよう、という決意を固めたのは、一昨日流田宅を訪れたときだった。

年末年始に清が不在だという。たった一人で流田は新年を迎えるのか、と察した瞬間、胸を締め付けられるような痛みが襲った。

学生時代も、そして社会人になってからも、佐久間は流田と共に年越しをした経験がなかった。

結婚するまでは親と、結婚してからは妻と、ごく当たり前のように過ごしてきた。

別に積極的に観たいわけではないが、なんとなく慣習として紅白を観たあとに『ゆく年くる年』を観る。零時の時報と共に家族で「おめでとう」と言い合い、なんということのないおしゃべりをしたあと床に入る。それが佐久間にとっての年越しだった。

今年もまた、互いに愛情を抱いているわけではない妻と――偽りといってもいい『家族』と、そうした年越しをするのだろうなと半ば諦《あきら》めの境地にいたというのに、流田が一人で新年を迎えると知った瞬間、彼と共に年越しをしたいという願望を抑えられなくなってしまったのだった。

離婚届は、流田の家を辞したその足で役所にとりにいった。戸籍係は三百六十五日、二十四時間あいているというのは本当なのだな、と思いつつ、紙を貰《もら》う。

窓口の若い男が、年末に離婚とは気の毒だなという目を向けてきたと思ったのは、単なる自分の想像だったが、離婚届を差し出したときの妻のリアクションはまさに、佐久間の想像どおりだった。

『別れよう』

離婚届をすっと彼女に差し出す。

『………』

妻は少しも驚いた素振りを見せなかった。じっと離婚届を見つめたあと、ぽつりと一言、

『やっぱり、そうだよね』

と呟いた。

『わかってた。ずっと好きな人、いたんだよね』

妻は佐久間の目を見ようとしなかった。

『………』

なんと答えたらいいかわからず、口を閉ざした佐久間に妻が笑いかける。

『別に、慰謝料とろうとか思ってないよ。私も行人《ゆきと》のこと、利用したんだし』

『利用？』

答えを想像しつつ問いかけた佐久間に妻は、

『うん、利用』

と頷くと、はあ、と大きく息を吐いた。

『私のこと、好きじゃないとわかってたから、安心して結婚できた……負け惜しみじゃないよ。私、あのとき本当に会社を辞めたかったの。その理由がほしかった。結婚以上に退職に相応しい理由はないでしょう？　でも、そんなの、相手を利用するようでなんだか申し訳ないと思ってた。でも、相手も——あなたも私を好きじゃなければ、悪いと思わないでもすむ。だから結婚したようなものだったの』

何を言っても、言い訳に聞こえちゃうかな、と妻は笑うと、

『ペン、とってくる』

と告げ、その場を立ち去っていった。

すぐに戻ってきた彼女がすらすらと白紙だった離婚届に署名をし、最後に印をつく。

『それなりに幸せだった……と思う。あなたもそうならいいけど』

微笑みかけてきた彼女に自分はどう答えたのだったか——思い起こしていた佐久間は乳首を強く嚙《か》まれ、思考を続けられなくなった。

「あっ……」

高く声を上げ、流田の頭を両手で抱える。

夫婦生活はすぐ、セックスレスになった。妻が不満を訴えないのをいいことに、結婚して二ヶ月後には寝室を別にし、流田との逢瀬《おうせ》を重ねた。

妻にも外に恋人がいたかどうかはわからない。いたとしても気づかなかったし、少しも気にならなかった。

妻は気づいていたのか、最後に聞いてみたいような気がしたが、お互い今までのことにも今後のことにも触れずに別れが決まった。

『ありがとね』

離婚届を差し出してきた妻の顔は晴れやかに笑っていた。

『こちらこそ……ありがとう』

礼を言い、紙を受け取る。妻は、すぐに実家に帰ると告げ、荷物はそのうちに取りに来る、と微笑んだ。

『ありがとう』

別れ際、再度礼を言う彼女に佐久間もまた礼を言った。幸せになってね、だの、なろうね、だのという言葉は最後まで互いの口から出なかった。

それを口にするのは不遜《ふそん》だと思った。その考えはおそらく夫婦間で共通していた。ある意味、価値観が同じといおうか、気持ちの通じ合った夫婦だったということかもしれない。そう思いながら佐久間は流田の頭を抱き締め、もっと強く乳首を噛んでほしいと動作で彼に訴えかけた。

その思いはすぐに伝わり、コリッと音がするほどに強く流田が佐久間の乳首を噛む。

「やぁ……っ」

あたかも女の上げる嬌声《きょうせい》のような声音が耳に届く。

男のくせにこんな声を上げるなんて恥ずかしい。その思いは関係が生じてからずっと佐久間の胸に燻《くすぶ》っていたものだった。

男なのに。欲情のままにこんな声を上げていいものか。

この声を聞かれれば、おそらく万人に気づかれてしまう。自分がいかに、こうした声を上げさせる相手を想っているのかを。

誰に聞かれるわけもない。聞く相手は唯一、その『声を上げさせる』相手であるというのに、佐久間はそんな己を恥じていた。

羞恥心《しゅうちしん》が己を追いつめたのかもしれない。結婚を決めたとき、自身の心と向かい合った彼の導き出した結論はそれだった。

愛は恥じるべきものなのか。その頃の自分は、理性的な判断がまるでできなかった。愛している相手は流田一人だというのに、それがなんともいけないことのように思えて仕方がなかった。

いい、いけない、を決めるのは世間。だが『世間』とはなんだ——？

まったくわかっていなかったというのに、その『世間』を気にして、愛してもいない相手と結婚した。

それがどれだけ彼を傷つけたことだろう。本当に申し訳なかった、と佐久間は両手両脚で流田の背に縋りついた。

流田が顔を上げ、佐久間に微笑みかける。すべてわかっている、と言いたげな微笑みは佐久間の涙腺を刺激し、泣き出したくなる衝動を抑えるのに苦労した。

泣く、といえば、流田の泣き顔を見たのも初めてだった、と思う佐久間の身体に、欲情が込み上げてくる。

正確には『見た』とはいえないかもしれない。だが目の前で瞳を片手で覆い、肩を震わせていた彼は確かに泣いていた。

自分の告白が——離婚の報告が、そうも彼を感激させたのかと思っただけで、たまらない気持ちになった。

もっと早くに決断すればよかった。もっと早く彼を嬉し泣きさせたかった。それができず、悪かったという罪悪感に苛《さいな》まれはしたものの、今となってはもう、すべてが過去のことだと、佐久間も、そして流田もまた、思っているに違いなかった。

「や……っ……あっ……っ」

乳首を舐《ねぶ》りながら、雄を握りしめてくる流田に、腰を突き出すことで望んでいる行為を伝えようとする。

まさか自分が男に抱かれる悦《よろこ》びに身悶《みもだ》え、自らそれを望んで淫《みだ》らな仕草をするなど、少しも想像したことがなかった。

流されただけだ。自分はノーマルだ。流田と関係を持った当初はそう思いこもうとしていたが、次第にノーマルとアブノーマルの境がわからなくなっていった。

ノーマルだろうがアブノーマルだろうが関係ない。結婚したあと、逆にこだわりはなくなったが、今度は『妻帯』という枷《かせ》がはめられることになった。

妻を裏切る背徳感が自身を、そして流田を昂《たか》めていたという事実は認めざるを得ない。性的興奮は覚えたが、同時に、知られたらその瞬間に終わるというリスクもまた背負うことになった。

そのリスクから解放されはしたけれど、世間の風当たりがよりきつくなるであろうという事実は変えようがない、と流田の背を抱き締める。

自分など、取るに足りないサラリーマンだ。だが流田は違う。

『真っ当』『世間並み』を望んできたが、流田自身の望みは果たしてなんだったのか。

それを聞かねば、と思いはするのだが、延々と続く流田の愛撫《あいぶ》に、最早佐久間の意識は朦《もう》朧《ろう》となり、思考を続けられなくなってきた。

胸を舐りながら流田がすっと手を下肢へと滑らせ、挿入を求めて熱く滾《たぎ》る後ろに、つぷ、と指を挿入させてくる。

「や……っ」

欲しいという思いが佐久間を大胆にした。もっと奥まで、という意志を、腰を突き出すことで流田に伝えようとする。

「…………」

流田は一瞬、戸惑ったように動きを止めたが、すぐに、わかった、と頷くと、身体を起こし佐久間の両脚を抱え上げた。

「痛かったら、ごめん」

言いながらすでに勃《た》ちきっていた雄を佐久間の後ろへとねじ込んでくる。

「ん……っ」

解《ほぐ》され方が足りなかったせいで、苦痛を覚えた佐久間の身体が一瞬強張る。

「大丈夫か？」

慌てた様子で腰を引こうとした流田の背に、佐久間は両手両脚でしがみついた。

「大丈夫……だから……っ」

きてほしい、と流田を見上げる。

「わかった。ゆっくり、いくから」

流田が頷き、言葉どおりゆっくりと腰を進めてくる。

「ん……っ……ん……っ」

笠《かさ》の張った亀頭が、内壁を擦り上げる。早くも佐久間の身体からは力が抜け、快感に彼の後ろはひくり、と蠢《うごめ》いた。

「大丈夫……そう？」

察したらしい流田が問いかけてくるのに、コクコクと首を縦に振って答える。

「よかった」

心底ほっとしたように流田は笑うと、よっと声を上げたかと思うと、佐久間の両脚を抱え直した。

「動くよ」

宣言と同時に、激しい律動が始まる。

「あっ……あぁ……っ……あっ……あっ……あーっ」

奥深いところを抉《えぐ》られるうちに、あっという間に佐久間は快楽の階段を駆け上らされてい

った。

「や……っ……あっ……あっ……あっ……あぁ……っ」

流田も同じく、感じていてくれているといい。そう願いながら佐久間は目を開き、規則正しい律動を続ける彼を見上げる。

佐久間の視線をしっかりと受け止め、流田がにっと笑いかけてきたあと、律動のスピードを上げてくる。

「あぁっ……あっ……あっあっあっあーっ」

思いは一つ。そう悟った佐久間の口から放たれる嬌声は更に高くなり、彼の身体はこの上ない欲情にさらされ、熱く滾った。その熱を放出させてやろうというのか、腰の動きはそのままに、流田が佐久間の片脚を離し、二人の腹の間で勃ちきっていた彼の雄を摑んで一気に扱《しご》き上げた。

「あーっ」

直接的な刺激には耐えられるわけもなく、佐久間はすぐに達すると流田の手の中に白濁した液をこれでもかというほどに放っていた。

「……っ」

射精を受け、激しく収縮する後ろに締め上げられたからだろう、流田もまた達したようで、声にならない声を上げる。

ずしりとした精液の重さを中に感じる。同時にこの上ない充足感を覚えながら佐久間が、両手両脚で流田の背を抱き締める。

「……なあ……」

「え？」

息を乱しながら、流田が問いかけてきた。いったい彼は何を聞きたいのか、と佐久間は腕を緩め、少し身体を起こした流田を見上げた。

「どうしてこのタイミングだったんだ？」

流田の問いは、至極もっともだと佐久間も思ったが、答えるべきこれ、という言葉は頭にすぐ浮かばなかった。

「うーん……」

暫し考えたあと、やはりこれかな、という答えを口にする。

「清さんがいなかったから……かな」

「清さん？」

意外だったらしく、流田が素っ頓狂《すっとんきょう》ともいっていい大きな声を上げた。

「うん。縁起でもないんだけど、この先、もし清さんがいなくなった場合、お前は新年を一人で迎えるのかと思ったら、なんだかやりきれなくなったんだ」

「清さんが聞いたらさぞ怒るだろうな」

流田が苦笑しつつ、佐久間に唇を寄せてくる。

「言うなよ？」

言うまいとは思いつつも一応念を押すと、

「言えるわけがない」

と流田は笑い、ちゅ、と軽いキスで佐久間の唇を塞《ふさ》いだ。

「しかし清さんのおかげだとなると、礼を言わないといけないな」

「だから言うなよって言っただろ？」

それが大前提だ、と告げた佐久間に、

「そういやそうだった」

と流田がまた笑い、ちゅ、と再び佐久間の唇に口づけた。

「言いはしないが、清さんが戻ってきたら今後はお前が泊まりがちになるから、朝食や夕食の準備は頼まないとな」

くすくす笑いながら流田がそう言い、またもちゅ、と佐久間の唇をキスで塞ぐ。

「シーツの洗濯も、だろ？」

きっと当分の間、彼女と顔を合わせるたびにいたたまれない気持ちに陥るのだろう。

今更、と清のほうでは思っているだろうが、と予測しつつもそう告げた佐久間に、ぱちり、と流田が片目を瞑《つぶ》ってみせた。

「頼まなくてもやってくれるのが清さんだ」

「違いない」

あはは、と笑い、流田の胸に顔を埋《うず》める。髪をやさしくすいてくれる、あまりに心地よいその感触に眠りの世界に引き込まれそうになりはしたものの、この記念すべき日には、という思いを捨てることができず、佐久間が無理矢理目を開く。

「初日の出、見ような」

「お前って本当にイベント好きな」

流田が苦笑しつつも、佐久間の額《ひたい》に唇を押し当てるキスをする。

「ご来光は縁起がいいんだよ」

縁起よりも実のところ、佐久間の望みは、新しいこの年の日の出を流田と共に迎えたいという願いだった。

「絶対、起こしてくれよ」

今にも眠りに落ちそうになりながらも、そう念を押し、流田の背を抱きしめた佐久間の胸には、この上ない幸福感が溢《あふ》れていた。

「日の出って何時だったかなあ。まあ、ネットで調べておくよ」

任せておけ、と頼もしいことを言いながら、佐久間の身体を抱き締め返し、流田が唇を額に、頬に、唇に落としてくる。

調べると言ってはいるが、そのまま寝入ってしまうんじゃないかと疑いつつも、佐久間もまた流田の背を抱き返す。

二人して夢の中で初日の出を見るのもまあ、俺たちらしいといえばらしいか。

その思いはおそらく、二人共通のものだろうと佐久間は流田の背を抱き締める。次の瞬間にはより強い力で抱き締め返してくれる流田の腕の感覚に、至上の喜びを覚えながら、佐久間は誰より愛《いと》しい人の胸に身体《からだ》を預けていったのだった。

あとがき

はじめまして&こんにちは。愁堂れなです。

この度は三十九冊目（サンキュー！　ですね・笑）となりましたルチル文庫『七月七日』をお手に取ってくださり、本当にどうもありがとうございました。

本書はデビュー前に個人サイトに掲載していた『七月七日』『九月九日』を大幅に改稿し、大量に書き下ろしを加えた作品です。

流田と佐久間の二人をいつかこのような形で商業誌化したいと考えていましたので、こうして実現することができとても嬉しく思っています。お引き受けくださいましたルチル文庫様に、改めましてて心より御礼申し上げます。

真っ当を求める既婚者の佐久間と浮き世離れした流田のラブストーリー、いかがでしたでしょうか。皆様に少しでも気に入っていただけましたら、これほど嬉しいことはありません。

イラストの高星麻子先生、素晴らしくも麗しい二人を本当にどうもありがとうございました！　十代、二十六歳、そして二十八歳の流田と佐久間、どの年代も本当に素敵でうっとりと夢見心地となりました。大変お忙しい中、素敵なイラストをありがとうございました！

ご一緒できて幸せでした。

また今回も担当のO様には大変お世話になりました。これからも頑張りますので何卒宜しくお願い申し上げます。

他、本書発行に携わってくださいましたすべての皆様に、この場をお借りいたしまして心より御礼申し上げます。

この話を書くきっかけとなったのが、父の大学時代の友人に都内在住の『地主』がいたことでした。私自身は面識がないのですが、その方は大学卒業後今に至るまで本当に働いたことがなかったそうです。羨ましいですね(笑)。

今回、ページ数が余ったとのことで、このあとがきのあとに『六月六日』というショートを書かせていただきました。

その後の二人を少しでも楽しんでいただけると幸いです。ちなみに『可愛いコックさん』の歌詞、私の周りでは本当に『参観日』が入っていたんですが、三多摩オンリーなのかな?

さて、次のルチル文庫様でのお仕事は、来月罪シリーズの復刊三冊目『罪な悪戯』を発行していただける予定です。こちらもよろしかったらどうぞお手に取ってみてくださいね。

また、十月の『可愛い顔して憎いやつ』と本書『七月七日』は、十周年記念小冊子プレゼントの対象となっています。

帯の応募券と共に八十円分の切手をお送りくだされば、『可愛い顔』と『罪シリーズ』のショート掲載の小冊子をプレゼントいたします。是非是非、ご応募くださいね。心よりお待ちしています！

また皆様にお目にかかれますことを、切にお祈りしています。

平成二十四年十月吉日

愁堂れな

（公式サイト『シャインズ』http://www.r-shuhdoh.com/）

六月六日

「梅雨《つゆ》入りにはまだ早いだろうに」

窓を打つ雨の音に耳を澄ませていたらしい佐久間《さくま》が流田《ながれた》の腕の中で憂鬱《ゆううつ》そうな声を出す。

「ああ、雨か。かなり降ってるな」

実は流田は行為の最中から、雨が降り出したことに気づいていた。

今夜は泊まっていけばいいと思ったために、敢《あ》えて知らせなかったのだが、と思いながら、汗ばむ佐久間の背を抱き寄せる。

「六月六日だもんな」

二度、互いに達し疲れたのだろう。今にも寝そうになりながら、ぽつりと佐久間が呟《つぶや》き、流田の胸に唇を押し当ててきた。

誘わずともこのまま眠りに入り、結果として泊まっていくことになるか、と苦笑しつつも、なぜに『六月六日』だと雨なのか、それが気になり、流田はつい問いかけてしまった。

「六月六日は雨と決まってるのか？」

「え？」

何を当然なことを聞いてくるんだ、と言いたげに佐久間は閉じそうになっていた瞼《まぶた》をこじ開け流田を見上げてきた。

「可愛《かわい》いコックさん……知らないのか？」

「え？」

唐突な発言に、寝ぼけているのか？　と流田は一瞬思ったものの、佐久間が、

「棒が一本ありまして」

と歌い出したのに、ああ、それか、と思い当たった。

「葉っぱかな」

「葉っぱじゃないよ。カエルかな」

「カエルじゃないよアヒルかな」

順番に歌っているうちに、そういや、そんな歌詞があったなと流田も思い出したが、佐久間の歌う歌詞は彼の知るものと少し違っていた。

「六月六日の参観日。雨がざーざー降ってきて」

「参観日？」

流田の知る歌詞は、『六月六日、雨ざーざー降ってきて』というものだった。

どこから『参観日』が出てきたのだと問いかけると、佐久間は今度も眠りかけていた目を無理矢理開き、またも、何を当然のことを、と言いたげな口調で言い返してきた。

「そういう歌詞だったろ？」

「ウチのほうでは違ったよ」

「えー、おかしいな」

半分寝ながら佐久間が不満そうに口を尖《とが》らせる。

「六月六日の参観日、雨がざーざー降ってきて」

「三角定規にヒビいって……いやあ、『参観日』は知らない」

「ウチのほうは『参観日』だった」

ここで佐久間が、流田の好まぬ男の名を口にする。

「なんなら藤臣《ふじおみ》先輩に聞いてみなよ」

「誰が聞くか」

今度は流田が不満に思っていることをはっきりと口調と態度に示し、ぺし、と佐久間の額を叩《たた》いた。

「いて」

それで目が覚めたらしい佐久間が、

「なんだよ、もう」

と流田を睨《にら》む。

「嫉妬《しっと》する必要ないだろ？　先輩はもう、子供だっているんだから」

流田が佐久間の幼馴染《おさななじみ》である藤臣に対し、常に嫉妬心を抱いていることは事実だった。

自分の知らない佐久間の子供の頃を知っている、それだけで嫉妬の対象となっていたが、藤臣がまた世話焼きな性格をしているため、佐久間のすることにあれこれと口を出すのを目《ま》の当たりにするにつけ、ますます嫉妬心は煽《あお》られた。

流田の藤臣への嫉妬は、二人の間では暗黙の了解ともいうべき事項であり、それを互いに口にすることはなかったというのに、最近では流田は嫉妬を露《あらわ》にし、佐久間はそれをはっきり指摘するようになっている。

二人の関係には、年が明けたと同時にある『変化』が訪れていた。

変化の幕開けは佐久間の離婚だった。離婚後、佐久間はそれまで以上に流田の家に入り浸るようになったという物理的な変化もある。だがそれ以上に変わったのは、互いに気持ちをストレートに表現するようになったということだった。

「子供がいようがどうしようが、佐久間と一番仲がいいのは自分だという態度がむかつくんだよ」

「実際は違うんだから別に気にすることないのに」

やれやれ、と佐久間は溜《た》め息《いき》をつくと、すっかり目が覚めたのだろう、うーん、と伸びをし、上体を起こした。

「雨、降ってるな」

「泊まっていけばいい。職場にもここからのほうが近いだろ？」

だから寝ろ、と流田は佐久間の腕を引き、再び胸に抱き寄せようとしたが、

「うーん」

佐久間は何を迷っているのか、横たわることなく曖昧《あいまい》な返事をすると、予想外の問いをして寄越した。

「六月六日は参観日、というのは別にしてさ、どうしてなんかの節句っていうのは、奇数月ばかりなんだろうな？」

「三月三日、五月五日、七月七日、九月九日……ああ、確かに」

そういわれればそうか、と流田が『○○の節句』と言われる日を順番に思い浮かべつつ相《あい》槌《づち》を打つ。

「二月二日は何もないし、四月四日はオカマの日？　六月六日は」

「ダミアンの誕生日」

「オーメン？　知らないよ」

あはは、と佐久間が笑い、流田を見下ろす。

「十月十日は体育の日……だったけど、最近は固定されなくなったし」

「十二月十二日は……なんの日だ？」

思い浮かばない、と首を傾《かし》げながらも流田は佐久間の腕を強く引き、強引に自分の胸へと抱き込んだ。

「帰るよ」

「どうして」

抗《あらが》い、再び身体《からだ》を起こした佐久間の顔を、何をいやがっているのだ、と流田が見上げる。

「昨日も泊まったし」

「連泊すればいいじゃないか」

「でも、昨日もシーツ、換えてもらったし」

「いつものことだろ」

なるほど、佐久間は連日、清《きよ》にシーツを換えさせることを気にしていたのか、と察しはしたものの、流田にはその理由がよくわからなかった。

「知らんぷりを貫いているのは、清さんなりの気遣いだよ。なんなら『不倫じゃなくなっておめでとう』くらい言わせようか？」

実際、そう思っているだろうから、と告げた流田を佐久間は、

「絶対やめろよな」

と睨んだあと、はあ、と溜め息を漏らした。

「なんだよ」

何か言いたそうだな、と流田が佐久間を真っ直ぐに見返し問いかける。

「……やっぱり、お前と俺、ちょっと感覚にズレがあるよな」

真顔で佐久間に言われ、よくわからない、と流田は問いかけた。

「どういうこと？」

「育ってきた環境が違うっていうか……」

うまく言えないけれど、と佐久間が考え考え説明を始める。

育ってきた環境――幼い子供の世話を家政婦に丸投げする。それが世間でいうところの『真《ま》っ当《とう》』ではないとはわかっていたが、それを佐久間に指摘されるのは正直、流田にとってはつらかった。

家庭環境に差はあったかもしれない。だが、今現在は二人の間にはなんの『差』も『違い』も存在しない。

そう思っていたのは自分だけだったのか、と寂しく思っていた流田の耳に、佐久間のぼそりとした声が響く。

「六月六日は参観日じゃないとか」

「え」

まさかそんなつまらないことをたとえに出すとは、と思わず顔を見てしまった流田に向かい、佐久間が口を尖らせる。

「ヤったあとのシーツを毎日人に洗ってもらうのを、恥ずかしくも思うし申し訳なくも思うのが、ごくごく普通の感覚って俺は思うけど、お前は違うんだなってことだよ」

お前には羞恥心《しゅうちしん》がない、と責める佐久間を、流田はまじまじと見つめてしまったあと、なんだ、と思わず吹き出した。

「なに、笑ってるんだよ」

「いや、お前を誤解してた。申し訳ない」

謝意の言葉を口にしながらも嬉《うれ》しげに笑う流田を、佐久間はぽかんとした顔で見上げていたが、すぐ、

「ふざけてんの？」

と、むっとした様子で流田の裸の胸を小突いてきた。

「ふざけてない。悪かった」

佐久間が自分の『育ってきた環境』などを今更気にするわけがなかった。単に羞恥心と感謝の心を持てと注意を促したかっただけなのだ。

そもそも佐久間は若い頃から自分のバックグラウンドや特殊な環境を気にすることなく、友情を育もうとしてくれたじゃないか。誰に対してもフラットな気持ちと態度で接する。そんな佐久間の美点を忘れるとは自分としたことが、と反省すると同時に、人柄を疑うような思考をしてしまった申し訳なさが募り、流田は尚も自分を小突こうとする佐久間の腕を逆に摑《つか》むと、

「なんだよ」

とまたも口を尖らせた彼の背を抱き寄せ、その唇に唇を押し当てた。

「帰るって」

「帰るな。いろよ」

「帰る」

「いてくれ」

言い合いの合間にキスをするうち、言葉を発する時間よりも唇を合わせる時間が長くなり、やがて深いくちづけへと発展していく。

次第に身体から力が抜け、合わせた唇の間から切なげな吐息を漏らし始めた佐久間をしっかりと抱き直し、背に回した手を腰へと滑らせていく。

「んん……っ」

「……ぁ……っ」

先ほどまで流田の雄を銜《くわ》え込んでいた部位へと――じんわりと熱を孕《はら》むそこへと指先をつぷ、と挿入させると、佐久間は甘い声を上げ、片脚を流田の腰に絡ませることで指を奥へと誘ってきた。

帰るんじゃなかったのか、と揶揄《やゆ》しかけたが、ヘソを曲げられては面倒だと心の中で流田は苦笑し、ぐっと奥まで指を挿し入れてやる。

「あっ……あぁ……っ……あっ……」

ぐちゃぐちゃと中をかき回すように指を動かすうちに、佐久間の口からは高い声が漏れ始めたが、三度目とあってその声は随分と掠《かす》れていた。

立派な造りではあるが、随分と古い家であるので、防音はそれほど施されていない。この声も実は部屋の外へと漏れているのだが、そんなことを教えようものなら佐久間は羞恥を募らせ、声を堪《こら》えるようになるに違いない。

清の部屋とは建物の端と端というように離れているので、まあ、彼女に聞こえることはないだろうが、それでも廊下に漏れていると知れば気にするだろう。だから決して明かすまい、と思いながら流田は、こういうところが自分と佐久間の『感覚の差』なんだろうなと気づき、思わず笑いを漏らした。

「やぁ……ん」

思考を働かせているうちに行為がおざなりになった、というわけでもないはずなのだが、行為に溺れながらも流田の意識が逸《そ》れていることに敏感に気づいた佐久間が、甘く喘《あえ》ぎながらも集中を促す抗議の目を向けてくる。

「悪かった」

今日は謝ってばかりだな、と、流田はまたも笑ってしまいそうになるのを堪えると、任せろ、とばかりに身体を起こし佐久間の両脚を抱え上げた。

「あ……っ」

ひくつく後ろへと、既に勃起していた雄を一気にねじ込んでいく。大きく背を仰《の》け反《ぞ》らせる佐久間の両脚を抱え直すと、明日、清が洗ってくれるであろうシーツに更なる汗を始めとする体液をしみこませるべく、激しく突き上げ始めた。

「あっ……あぁ……っ……あっあっあーっ」

ここまで大きいとさすがに階下まで聞こえるかもというような高い声を上げ、佐久間が流田の下で乱れまくる。いやいやをするように首を横に振り身悶える姿は淫蕩《いんとう》にして同時にどこか幼くも見え、流田の視界の中で一瞬佐久間の姿が初めて会った頃の十代の彼と重なった。天使のように可愛い、と自分が思ったのと同じく、佐久間も受験のときに救いの手を差し伸べた自分を、天使のようだと思ったらしい。

連想する『天使』のイメージにも差があるなと、またも笑ってしまいそうになり、いけない、と緩んだ頬を引き締める。

どれほど感覚の差があろうと、互いを思う気持ちがそれに勝れば少しの問題にもなり得ない。

そう、六月六日が参観日であろうとなかろうとどうでもいい、その程度のことだと思いながら流田は、またもお叱りを受けるより前に自分も行為に集中しようと佐久間の両脚を抱え直し、今、まさに絶頂へと向かっている彼に更なる高みを極めさせるべく律動のスピードを上げたのだった。

✦初出　七月七日………個人サイト掲載作(2003年7月)を大幅改稿・加筆。
五月五日………書き下ろし／十一月十一日………書き下ろし
三月三日………書き下ろし
九月九日………個人サイト掲載作(2003年9月)を改稿。
一月一日………書き下ろし／六月六日……………書き下ろし

愁堂れな先生、高星麻子先生へのお便り、本作品に関するご意見、ご感想などは
〒151-0051 東京都渋谷区千駄ヶ谷 4-9-7
幻冬舎コミックス　ルチル文庫「七月七日」係まで。

RB 幻冬舎ルチル文庫

七月七日

2012年11月20日　第1刷発行

✦著者　愁堂れな　しゅうどう れな

✦発行人　伊藤嘉彦

✦発行元　株式会社 幻冬舎コミックス
〒151-0051 東京都渋谷区千駄ヶ谷 4-9-7
電話 03(5411)6432[編集]

✦発売元　株式会社 幻冬舎
〒151-0051 東京都渋谷区千駄ヶ谷 4-9-7
電話 03(5411)6222[営業]
振替 00120-8-767643

✦印刷・製本所　中央精版印刷株式会社

✦検印廃止

ISBN978-4-344-82670-0　C0193　Printed in Japan

「幻冬舎ルチル文庫」
大好評発売中

発行●幻冬舎コミックス　発売●幻冬舎